D0913064

Mon Histoire

Portrait en couverture : Henri Galeron

Titre original : *Cleopatra VII, daughter of the Nile*
Édition originale publiée par Scholastic Inc., New York, 1999
© Kristiana Gregory, 1999, pour le texte
© Gallimard Jeunesse, 2005, pour la traduction française

Kristiana Gregory

CLÉOPÂTRE, FILLE DU NIL

ÉGYPTE, 57-55 AVANT J.-C.

Traduit de l'anglais
par Marie Saint-Dizier

GALLIMARD JEUNESSE

À mon père, Hal Gregory,
dont l'intérêt pour la littérature antique
m'a donné le courage de me plonger
dans Plutarque et tous les autres.

ROULEAUX 1 À 7
57 AVANT J.-C.

3 JANVIER AU MATIN

*M*oi, Cléopâtre, princesse du Nil, écris ces mots de ma main.

Je possède de nombreuses pièces au palais, mais la petite qui surplombe la mer, au nord-est, est ma préférée. Les vagues battent sauvagement le rivage car un orage se prépare, le cinquième cet hiver. Les nuages sont noirs. Même enveloppée dans ma tunique, j'ai froid.

Il est important que je me souvienne des mésaventures advenues cette semaine. Père a fui pour sauver sa vie. Il risquait d'être détrôné, lui, le roi Ptolémée XII Néos Dionysos Aulètes dit le Flûtiste, vénéré pharaon d'Égypte, qui règne depuis vingt-trois ans.

Il y a trois nuits, pendant qu'il dormait, on a retrouvé une vipère venimeuse enroulée au pied de son lit, prête à mordre. Mento, le vieil eunuque de mon père, qui dort près de lui à même le sol, a été réveillé par un sifflement. Il s'est jeté sur le serpent pour essayer de l'étrangler, mais la bête l'a mordu au poignet. Le vieux serviteur est mort dans d'atroces souffrances quelques secondes plus tard. Père a vu le serpent se faufiler sous le lit. Au moment où j'écris, on ne l'a toujours pas capturé.

Un accident ! Peut-être, pensait mon père, jusqu'à aujourd'hui.

Il pleurait Mento, son esclave préféré depuis l'enfance, aussi refusait-il le moindre réconfort. Ce matin, on lui a apporté du vin dans l'espoir de le ragaillardir mais il a remarqué que l'échanson royal montrait des signes d'inquiétude car la coupe tanguait sur le plateau.

– Pourquoi trembles-tu ? a-t-il demandé.

Comme l'homme ne répondait pas, Père, furieux, lui a ordonné de goûter la première gorgée, et vite, ce qu'il a fait.

J'observais, derrière une colonne. Quand la coupe et le plateau sont tombés, le fracas a retenti dans la grande salle. J'ai mis ma main sur la bouche pour étouffer mon cri mais les gardes sont arrivés en courant.

L'échanson gisait dans la flaque de vin, tordu par l'agonie qui était destinée à mon père. Quelques secondes plus tard, il était mort. Le poison était probablement de la ciguë, dont l'effet est aussi foudroyant que le venin d'un serpent.

*J'*ignore où se cache Père et avec qui. Ma sœur aînée Tryphaéna a fait main basse sur son appartement : il y avait longtemps qu'elle admirait le panorama que l'on a de ses balcons. Les servantes de Père n'ont pas discuté avec elle car elle est irritable et aussi impitoyable qu'un crocodile.

Je n'ai pas confiance en Tryphaéna. Elle veut devenir reine et raille mon père de n'être qu'un monarque de pacotille, mais je me demande comment elle a bien pu apprendre l'art de commander. Quand je lui ai rendu visite, cet après-midi, elle se prélassait dans le bain chauffé qui se trouve au centre de l'atrium de Père. Ses servantes l'entouraient, l'oignant d'huiles parfumées et lui lavant le dos ; d'autres aéraient les couvre-lits et les coussins de soie — ce n'est pas un hasard si son nom signifie « recherche du plaisir ». J'ai reconnu la voix grêle de son esclave mâle préféré, qui chantait derrière une cloison à claire-voie. Il jouait de la lyre, cette petite harpe si prisée à la cour.

– Que se passe-t-il, Cléopâtre ? a demandé Tryphaéna en levant les sourcils avec agacement.

– Où est Père ? lui ai-je demandé. Quand va-t-il revenir ?

Pour lui montrer que je ne partirais pas avant d'avoir obtenu une réponse, j'ai enlevé mes sandales. Une servante les a prises et m'a tendu une serviette en toile de lin. Je l'ai pliée et étendue sur l'un des bancs pour éviter le contact froid du marbre.

Ma sœur s'est aussitôt dressée dans le bassin.

– Comment oses-tu t'asseoir en ma présence ?

Deux gardes debout sur le balcon ont fait un pas vers moi, portant la main à l'épée glissée à leur ceinture.

En sa présence, il me faut surveiller mes paroles. Elle a dix ans de plus que moi et, comme je n'ai que douze ans, elle me commande. J'ai baissé les yeux en signe de respect.

– Quand tu seras reine, Tryphaéna, je m'agenouille-rai devant toi.

Elle a replongé dans le bain, de l'eau jusqu'aux épau-les puis a tendu la main en claquant des doigts. Une jeune Nubienne en tunique brune est apparue, portant un plateau sur lequel étaient posés une coupe de vin et un bol de figues.

J'ai senti mes entrailles se tordre. Ma sœur essaierait-elle de m'empoisonner ? Oui, je le crois. Quant à mon autre sœur aînée, Bérénice, non, jamais ! Nous nous adorons, même si je suis sa cadette de huit ans.

J'ai pris la coupe et l'ai levée vers Tryphaéna comme pour l'honorer, mais en réalité je scrutais le liquide à la recherche de traces d'huile à la surface ou de traînées de poudre sur les parois. Si je jetais le contenu de mon verre dans le bassin, elle me ferait décapiter sur-le-champ par ses gardes. S'il s'agissait bien de poison, une seule gorgée, et c'était la mort...

J'ai porté la coupe à mes lèvres et n'ai senti aucune amertume sur le bord. Mes yeux se sont fermés tandis que j'avalais la première gorgée, comme si je savourais le goût divin du breuvage, mais en moi-même, j'ai pensé : « Ô Isis, j'ai peur... » D'inquiétude, mon estomac s'est contracté, ou étaient-ce les prémices d'une mort atroce ?

Après avoir avalé trois gorgées, j'ai reposé la coupe sur le plateau et pris une figue que j'ai fait rouler entre mes doigts. Elle était collante. Tryphaéna m'observait, les yeux rétrécis comme ceux d'un chat qui guette un petit oiseau, en se demandant s'il vaut la peine qu'on l'attrape. Au bout d'un moment, elle a renversé la tête en arrière pour mouiller ses cheveux. Quand elle a fermé les yeux, j'en ai profité pour remettre la figue dans le bol et j'ai essuyé mes mains sur ma tunique.

Une servante s'est approchée du bain avec un flacon d'huile qu'elle a fait couler sur les cheveux noirs de Tryphaéna avant de la peigner. J'attendais que ma sœur prenne la parole, tout en comptant les battements de mon cœur, envahie par une merveilleuse sensation de soulagement : j'étais vivante !

– Eh bien, Cléopâtre, a-t-elle dit, les yeux toujours fermés parce que l'eau coulait, que voulais-tu savoir à propos de notre père ?

Je me suis levée et j'ai repris les sandales que tenait la servante.

– Béni soit-il de te laisser occuper ses appartements, ai-je conclu.

*C'*est le crépuscule. Le vent s'est calmé et les vagues se sont apaisées. Le bleu de l'océan s'assombrit à l'approche de la nuit. Où se trouve Père ? Je souhaite qu'il puisse voir le palais éclairé, le phare sur l'île de Pharos. Je sais que sa brillante lumière est un signal pour les marins qui s'approchent du port, mais je crois qu'elle brille aussi pour les rois qui dorment seuls, loin de leur pays.

À présent, je vais ranger mon journal et me détendre en prenant un bain. Auparavant, je dois vérifier le foyer, au sous-sol, pour m'assurer que les esclaves ne se sont pas endormis. C'est quelque chose qui met Tryphaéna en rage. Elle exige qu'ils attisent continuellement les charbons sur le feu pour chauffer l'air dans les tuyaux : ainsi elle a le loisir de se baigner à toute heure du jour ou de la nuit.

Penser à Tryphaéna me fatigue. J'espère qu'elle est déjà couchée, dans la salle des banquets, par exemple. « Ô Isis, fais en sorte que le vin l'endorme vite ! »

Flèche, ma chère vieille panthère, a bondi sur mon lit en ronronnant avec bruit. Ses pattes avant sont aussi larges que mes mains et, en ce moment, elle les lèche avec application puis les passe sur ses longues moustaches argentées pour les nettoyer. Elle vient de manger une énorme pièce d'agneau rôti que lui a donnée le cuisinier royal.

– Ma Flèche..., ai-je murmuré en caressant son énorme tête tachetée, comme je le fais chaque nuit depuis qu'elle est petite.

Comme elle est repue, elle ne dérangera pas nos petits chats qui chassent les souris et les scarabées au-dehors. Mais malheur à l'intrus qui oserait pénétrer dans le palais : une panthère guette dans l'ombre.

7 JANVIER

Ce matin, de bonne heure, j'ai risqué une sortie pour aller sur la tombe du roi Alexandre le Grand, le fondateur de notre cité. C'est si proche du palais qu'il m'est facile de revenir avant le réveil de mes sœurs.

Le monument est en marbre et un escalier, éclairé par des torches, conduit jusqu'au tombeau. Des gardes veillent jour et nuit, aussi puis-je m'y rendre seule sans danger.

Je me suis agenouillée près du cercueil. Il est recouvert d'un dôme en verre, piqué, érodé par le sable, et strié comme si on regardait à travers une eau trouble. Lorsqu'Alexandre mourut de la fièvre à Babylone, son corps fut transporté en Égypte et embaumé à la façon de nos pharaons. Les embaumeurs peignirent ses lèvres et ses joues en rouge. Ses cheveux sont d'un jaune doré et virent vers l'orange sur le front. Je ne sais pas s'il s'agit d'une peinture.

Même momifié, il garde l'apparence d'un homme de trente-trois ans.

Alexandre repose sur le dos, les mains croisées sur la poitrine ; il porte une veste perse brodée, boutonnée à la taille. Une jupe constituée de minces lanières de cuir lui descend jusqu'aux genoux. Un splendide manteau écarlate, à la laine encore préservée des mites, est drapé sur son épaule. J'aimerais savoir quel genre de sandales il porte, mais un bouclier d'or martelé lui recouvre les pieds.

Ai-je mentionné qu'Alexandre le Grand est mort depuis presque trois cents ans ?

Père dit que, selon les prophéties des anciens Hébreux, un messie viendra nous apporter la paix et le pardon. Le prophète devra avoir vécu quelque temps en Égypte. Quand il mourra, son corps ne se décomposera pas. Il ressuscitera et tous les souverains de la terre s'inclineront devant lui. Toutes les nations le serviront. C'est lui qui gouvernera. Certaines personnes, dans cette cité, croient que, parce qu'Alexandre a déjà conquis une grande partie du monde et qu'il a résidé en Égypte, il peut être le Messie, c'est pourquoi de nombreux gardes protègent sa tombe.

Je vais très souvent le voir au cas où il ressusciterait. Il semble que cela ne soit pas pour demain. Et si la glace se brise, commencera-t-il à se décomposer ?

*L*es caravanes sont arrivées aujourd'hui de Gilead et d'Arabie. Leurs chameaux portaient des trésors qu'ils échangeront contre notre blé. Les marchands ont dressé leurs tentes en dehors de la ville, près du canal qui conduit le Nil jusqu'au lac Maréotis. J'ai observé la scène de mon jardin sur un toit en terrasse, heureuse d'être loin de l'horrible odeur des chameaux, bien que j'aime entendre tinter les clochettes et les porte-bonheur pendus à leurs selles.

Quand j'ai vu certains de nos esclaves transporter des coffres jusqu'au palais, l'excitation m'a fait quitter le toit. J'ai dévalé l'escalier intérieur pour attendre dans la cour. Bérénice et Tryphaéna étaient déjà là, bien entendu.

Suivant la coutume, ce sont les princesses qui plongent leurs doigts en premier dans les sacs d'épices. Nous en avons pris quelques pincées pour les faire voler dans l'air comme des parfums. Bientôt, la cour a été remplie de doux arômes de cannelle, de myrrhe et d'encens. Puis nous avons déroulé les pièces de soie. Le tissu en est si fin que, si on en lance une pièce, elle redescend en flottant lentement. Quand nous étions plus jeunes, nous aimions courir le long des couloirs en laissant flotter les morceaux de soie derrière nous, tels des drapeaux multicolores.

Mais, à présent que Tryphaéna est plus âgée, elle s'assied sur un tabouret en attendant que des servantes viennent lui présenter toutes ces merveilles en grande cérémonie. Aujourd'hui, elle a déroulé les soies comme s'il s'agissait de draps sales, puis les a jetées avec ennui. Elle a repoussé du pied un coffre qui s'est renversé. Une élégante parure de bracelets et des écharpes en sont tombées, ainsi que des mules perses, des miroirs et des peignes en ivoire. Bérénice et moi avons échangé un regard. Comment pouvait-on jeter pareilles splendeurs ?

Tryphaéna s'est dirigée vers une caisse en bois et a écarté la paille pour découvrir des centaines de minuscules flacons en albâtre. Elle en a débouché un. Une délicieuse odeur d'huile d'amandes douces a embaumé la cour (j'adore en enduire ma peau après le bain). Elle l'a humée, a froncé les sourcils, puis a ouvert les autres flacons. Il y avait de l'huile de noix de coco, des parfums odorants et le fameux baume de Gilead, qui est si prisé.

Le dernier coffre était plein de bijoux. J'ai vu un grand collier de perles si ravissant que, ne pouvant me retenir, je l'ai passé autour de mon cou. Tryphaéna a saisi le poignard qu'elle garde sous sa robe et l'a posé sur ma gorge. La lame tranchante m'a éraflé la peau.

Lentement, j'ai tendu les perles à ma sœur et je suis sortie à reculons.

8 JANVIER, JUSTE AVANT
LE COUCHER DU SOLEIL

*P*ère a disparu depuis cinq jours. Le serpent qui a tué l'esclave Mento court toujours dans le palais. Sa trace humide a été repérée la nuit dernière, près du bain. Les domestiques fouillent partout, mais il se cache bien. Je regarde avec soin où je pose les pieds et où je m'assois.

Ce matin, Flèche et moi étions dans l'une des petites cours du palais, profitant de la lumière du soleil d'hiver, lorsque j'ai entendu un hurlement. Tryphaéna allait et venait dans le couloir en agitant furieusement les bras. Elle criait et protestait auprès d'un garde qui tenait un rouleau de parchemin et semblait vouloir remettre un message.

Je n'ai pu m'empêcher de tendre l'oreille et ce que j'ai entendu m'a remplie de joie. Père est vivant ! Il est toujours roi et il envoie un message à ma sœur.

Si elle ne cesse pas de jouer à la reine, elle sera exécutée.

Sur ce, je me suis faufilée discrètement hors de la pièce, suivie de ma panthère.

PLUS TARD

*J'*ai passé le reste de la matinée à me promener le long du port avec Néva, ma servante préférée.

Pour passer inaperçues au milieu des pêcheurs, nous

étions vêtues de ces tuniques en lin que portent communément les jeunes filles grecques. D'habitude, Néva porte mes sandales mais, cette fois-ci, je m'en suis chargée moi-même pour avoir l'air d'être de son rang. Quand je le veux, je peux très bien me faire passer pour une femme du peuple. Comme je parle la langue des Égyptiens de souche, il m'est facile de me mêler à la foule sur l'agora et au marché sans attirer l'attention — liberté que je goûte par-dessus tout. Si les gens du commun savaient qu'une princesse circule parmi eux, ils m'accableraient de leur affection ou m'ennuieraient en m'entretenant de problèmes qui relèvent du roi.

L'un de mes gardes favoris, Puzo, m'a suivie à une distance prudente. Il vient de Sicile et, dans sa jeunesse, les Romains l'avaient réduit à l'esclavage pour faire de lui un gladiateur. Il a souvent été comparé à Spartacus en raison de sa fierté et de sa combativité. Quand on l'a envoyé à Alexandrie pour divertir mon père, j'ai acheté sa liberté avant qu'il ne doive combattre. Depuis, Puzo m'est entièrement dévoué. Quand nous nous trouvons ensemble en public et voulons être discrets, il se déguise, parfois en portant une *dishdasha*, la robe blanche flottante des Arabes.

Au bord de l'eau, Néva et moi avons rencontré un Hébreu qui vendait du poisson et du pain d'orge dans sa carriole. Nous en avons acheté assez pour notre repas de midi, puis nous avons quitté l'île de Pharos en franchissant l'Heptastadion. C'est une chaussée de pierre longue de plus d'un kilomètre, assez haute pour que les bateaux puissent passer au-dessous, qui relie le port de l'est à celui de l'ouest. Là, nous pouvons parler sans être entendues. Entre les rochers, de petites mares d'eau attiraient des bandes de mouettes qui criaient assez fort pour que personne ne surprenne notre conversation.

Néva est une Macédonienne de pure race, tout comme moi, et elle descend des serviteurs royaux de Ptolémée. Moi, bien sûr, je descends de Ptolémée en personne. Néva et moi avons en commun la peau claire et les yeux bleus, et pourrions passer pour deux sœurs, mais nous acceptons les rôles bien différents qui nous ont été transmis : elle servante et moi princesse. Une véritable amie doit savoir écouter, et c'est le cas de Néva. Elle est un peu plus âgée que moi : à peu près quinze ans. J'ai en elle une confiance absolue. D'après ce que je sais, elle n'a jamais trahi un secret. Ce matin, alors que nous contournions les mares d'eau, je voulais lui révéler deux choses.

J'ai peur que Père soit assassiné. S'il l'est, moi, Cléopâtre, je veux et je devrais être reine.

Je l'avoue, et cela peut paraître étrange, mais je juge la situation avec objectivité. Père a six enfants vivants, de ses deux épouses disparues depuis longtemps. Je n'ai aucun souvenir de ma mère car j'étais toute petite quand elle est morte.

Tryphaéna, Bérénice, moi et la petite Arsinoé

sommes ses filles. Ses fils, Ptolémée et Ptolémée le Jeune, sont encore petits. De tous les enfants de Père, je suis la seule qui parle la langue des Égyptiens de souche et celle des autres étrangers qui, comme nous, habitent notre belle Alexandrie.

Pour des raisons que j'ignore, les dieux m'ont donné le don des langues. J'ai appris à parler avec les paysans d'Éthiopie, de Syrie et d'Arabie rien qu'en me promenant chaque jour sur la place et dans les petits villages de pêcheurs. Je commence à mieux comprendre les étudiants hébreux en me rendant à la bibliothèque et au Mouseion où les érudits viennent étudier et qui est dédié aux neuf muses. Les muses, ainsi que chacun le sait, sont nos déesses de la Poésie, de la Musique, de la Danse et des autres arts libéraux.

Parce que je sais être proche des autres, je serai une meilleure reine que Tryphaéna qui déteste les Juifs et les Mèdes. Cela me donne aussi un avantage sur Bérénice, ma sœur bien-aimée, qui a trop peur de s'aventurer hors de nos appartements royaux. Une reine se doit de comprendre ses sujets pour veiller sur eux. Cette reine, c'est moi. Arsinoé n'a que neuf ans, mais elle est aussi gâtée et butée que notre aînée, Tryphaéna. Je regrette d'avoir à parler ainsi, mais c'est la vérité.

Si Père est tué, l'une d'entre nous deviendra pharaon. Ce n'est pas que je souhaite sa mort, certes pas, mais je dois absolument me tenir prête, si le cas se présente, à être souveraine d'Égypte. Je dois tâcher d'être plus sage.

*A*près avoir pris un repas léger, Néva et moi nous nous sommes promenées sur le sable humide, près du phare, là où viennent mourir les vagues. Puzo s'est assis sur la jetée, tel un Arabe plongé dans ses pensées, mais je sais qu'il me couvait d'un œil protecteur.

Comme il fait bon sur cette plage, protégée du vent et du ressac ! Il y fait bon même en hiver. Nous avons pataugé jusqu'aux genoux, plongeant nos mains dans l'eau fraîche et éclaboussant nos visages. C'était si rafraîchissant que j'ai recommencé à plusieurs reprises, me félicitant d'avoir empêché Néva de me maquiller, ce matin. L'ocre noir me pique les yeux si je ne l'ai pas enlevé avec soin.

Je suis heureuse, près de la mer. J'adore sentir l'air salé et voir les vagues se briser contre les rochers. Au large, l'horizon semble moutonneux et moucheté de blanc. À cette époque de l'année, aucun bateau ne vogue sur la mer parce que le vent souffle trop fort. Malgré la distance qui nous sépare de Rome, Père a longtemps redouté l'invasion des pirates et une attaque-surprise de Jules César.

Maudit soit le barbare ! Sa légion assoiffée de sang avance, suivant les ordres, conquérant des terres avec ses catapultes et ses sièges. Père m'a dit qu'elle ne s'emparerait jamais de l'Égypte, et surtout pas de notre bien-aimée Alexandrie.

Nous sommes un État souverain. L'Empire romain ne nous écrasera jamais.

Ainsi notre flotte royale se tient-elle prête pour la bataille. Les marins réparent les voiles et les cordages, les soldats s'entraînent à manier leurs armes. Les rameurs d'Éthiopie, nos plus puissants esclaves, se tiennent en alerte en conduisant les vaisseaux de guerre à travers les vagues déchaînées, par tous les temps.

Maintenant, il fait sombre. Il y a un moment, je suis sortie sur la terrasse pour regarder le soleil se coucher sur la mer. Dans le port, à l'est, on a allumé des torches sur notre petite île nommée Antirhodos. Ici, au milieu des rochers, s'élève un magnifique petit palais qu'en secret je dis mien mais qui, en vérité, appartient à toute la famille royale.

À l'intérieur du palais se trouvent plusieurs statues d'or représentant mon père, le roi, dans une posture de sphinx, ainsi que des bustes en marbre de mes sœurs aînées et de moi-même. L'artiste qui m'a représentée m'a sculptée avec une coiffe égyptienne ornée d'un cobra mais, à dire vrai, je garde les cheveux à la grecque, sans ces parures inutiles.

C'est à nouveau le soir. Cette nuit, je dormirai bien, sachant que Père est à l'abri des foules qui le menacent. Il se cache quelque part vers le Haut Nil : seuls ses proches conseillers savent exactement où.

J'ai envoyé Puzo, ainsi qu'un autre garde, surveiller Tryphaéna au cas où elle préparerait quelque mauvais coup. Néva a installé mes coussins, allumé une petite lampe avec de l'huile de cannelle et, maintenant, elle se repose sur sa paillasse, au pied de mon lit. Elle ne s'endormira pas avant moi. Je regarde son doux visage et je remercie les dieux pour sa loyauté.

Ai-je mentionné qu'elle était également ma lectrice ? J'aime particulièrement entendre sa voix quand je prends mon bain. Aujourd'hui, je l'ai écoutée pendant une heure me lire *L'Odyssée* d'Homère, un de mes poèmes préférés. Elle met beaucoup d'émotion dans sa lecture. Nous adorons toutes deux les aventures d'Ulysse qui racontent son retour à Ithaque, après la guerre de Troie.

Par la fenêtre, la mer a l'air noire, seul un éclair de lumière étincelle dans les vagues. C'est la lumière du phare qui brûle jour et nuit, un espoir pour ceux qui habitent cette région du nord de l'Afrique. Cette flamme perpétuelle a pourtant un inconvénient : elle peut servir de repère. Si les Romains sont assez fous pour braver la tempête d'hiver, ils nous trouveront sans peine.

*B*érénice vient juste de me montrer ses cheveux. Sa servante les a tressés en une douzaine de minuscules tresses, à la nubienne.

– Regarde, Cléopâtre, a-t-elle dit en pivotant comme une danseuse.

À la lumière de la lampe, les pierres tissées dans ses nattes étincelaient, rubis, diamants... Ces pierres ont dû être dérobées dans le coffre à bijoux de mon père, car je ne l'avais jamais vue en porter autant.

Bérénice arborait deux tuniques en soie superposées laissant dépasser des pans bleu et vert émeraude, ce qui était du plus bel effet. Des bracelets d'or brillaient à chacun de ses bras nus. Ses yeux étaient soulignés de noir et de violet et des pendants d'oreilles oscillaient contre ses joues.

– Tu es magnifique, lui ai-je dit, sachant que c'était ce qu'elle souhaitait entendre ; et, en effet, elle était très belle.

Ce que je ne lui ai pas avoué, c'est qu'elle avait l'air ridicule avec ses petits anneaux d'or dans le nez ! Ce détail fort commun lui donnait l'air d'une esclave.

Sur ce, elle s'est faufilée hors de ma chambre et a disparu. Un autre banquet, avec des danseurs et des musiciens, l'attendait, et Tryphaéna devait déjà s'y trouver.

En ce moment, mon seul souci est ce serpent qui rampe dans le palais, allez savoir où. Nous avons découvert sa trace dans le corridor, la cour, et nos chambres. Cela m'horrifie ! Celui qui l'a mis sur le lit de mon père il y a quelques jours attend probablement la prochaine victime en se frottant les mains. J'ai dit à Flèche d'attraper le serpent, mais qui peut vraiment commander un félin ? J'ai plongé les doigts dans la fourrure de son cou et contemplé ses yeux dorés en donnant mes ordres. Elle a cligné des paupières, une fois, deux fois, puis a posé la patte sur mon épaule avant de s'en aller agir au gré de sa fantaisie. Flèche est trop gâtée pour se soucier d'un serpent.

La fragrance du parfum de Bérénice flotte agréablement dans ma chambre tandis que je me prépare à aller au lit. Mon sablier s'est écoulé. « Ô Isis, s'il te plaît, fais que je dorme en sécurité. »

LE LENDEMAIN MATIN

*D*e bon matin, juste au lever du soleil, Bérénice et moi avons visité les docks. Nous avons vu les gardiens du zoo royal transporter une cage le long de la rampe de débarquement : elle contenait une lionne et ses deux lionceaux qui grognaient. Ils ont été capturés dans le Haut Nil le mois dernier. C'est Jules César en personne qui les a réclamés pour combattre ses gladiateurs (je suis heureuse que Puzo soit dispensé pour toujours de participer à cette distraction barbare). Sur le bateau, il y avait aussi un bébé babouin orphelin. Bérénice l'a trouvé si mignon quand il se balançait aux barreaux de sa cage qu'elle l'a ramené au palais.

J'adore ma sœur mais elle n'a pas beaucoup d'imagination. Comment a-t-elle appelé son petit favori ? Juste Babouin. Elle est certainement très belle mais ne vaudrait rien si elle était reine.

En fin de matinée, je me suis rendue aux écuries royales. En me voyant, Bucéphale, mon beau cheval arabe blanc, a tapé du pied dans sa stalle. Je ne l'avais pas monté depuis trois semaines et il me manquait. Je lui ai donné le même nom que le cheval du roi Alexandre, qui l'a accompagné dans la bataille jusqu'en Inde. Quand Bucéphale est mort, Alexandre a fait bâtir une cité magnifique autour de sa tombe. J'ai passé les bras autour de son encolure puissante. Il s'est ébroué puis a secoué la tête, sa crinière blanche m'a piqué le visage, ce qui est pour lui une façon de jouer depuis qu'il est poulain. Il m'a donné des coups de museau jusqu'à ce que je sorte de ma ceinture le petit régal que je lui réservais, un gâteau de miel.

– Viens, Bucéphale, ai-je dit. Viens, mon tout beau.

Son œil brun m'observait tandis que je caressais son cou. Un gros peigne en ivoire pendait à un clou, sur la porte, près de ma selle. Quand je l'ai pris, il m'a donné un coup de tête et je l'ai lâché dans la paille. Il déteste que je démêle sa crinière, aussi ai-je remis le peigne à son crochet.

« Toi, mon sauvageon, pensai-je du fond du cœur. Toi, mon adorable sauvageon. »

J'aurais tant aimé être libre, sans soucis, sans entraves, comme lui.

Ce soir, j'étais en train d'écouter Néva me lire une histoire dans mon bain quand ma jeune sœur Arsinoé est entrée dans ma chambre. Elle portait une robe bleue avec une ceinture pourpre, elle était nu-pieds et des anneaux tintinnabulaient à ses chevilles. Sa servante la suivait ainsi que trois petits chiens jappant. Je les appelle les crapauds à cause de leur museau écrasé et humide.

Trop excitée pour parler elle-même, elle a tiré la jupe de sa servante. Celle-ci s'est inclinée.

– Votre Grâce, m'a-t-elle dit, Arsinoé désire que vous lui trouviez un nouveau compagnon de jeux. Elle est fatiguée de son frère et de ses sœurs et souhaite avoir un Pygmée pour la divertir.

J'ai plongé dans mon bain et me suis aspergé le visage d'eau chaude pour me donner le temps de réfléchir. La dernière fois, Arsinoé avait demandé un enfant de la tribu Dinka. Ce sont des gens doux, gracieux, qui peuvent atteindre plus de deux mètres dix. Une petite fille dinka avait été capturée près de chez elle dans le Haut Nil et amenée au palais, mais elle était morte d'une fièvre au bout de quelques jours.

Père m'a donné toute autorité pour satisfaire les vœux de mes jeunes frères et sœurs. Cette responsabilité me réjouit car, dans mon cœur, je me prépare à être reine. Mais un enfant pygmée ? Il n'est pas question d'accorder n'importe quoi à ma sœur.

– Je verrai ce que je peux faire, Arsinoé. Maintenant, va au lit.

15 JANVIER

*J'*ai passé la matinée à la bibliothèque et au Mouseion, où l'on fabrique des jouets et diverses machines. Comme ces bâtiments communiquent avec le palais, je peux être naturelle, parler grec, porter ma robe et mon voile royal pourpre, en compagnie de Flèche. Elle m'arrive à la taille et je peux ainsi la caresser tout en marchant.

Comme d'habitude, Néva m'a accompagnée. Sur la plage ou sur la place, nous nous promenons côte à côte mais cette fois-ci elle s'est tenue respectueusement à trois pas derrière moi. Puzo était sur le seuil, les bras croisés, vêtu d'une courte jupe égyptienne en cuir.

À la bibliothèque, nous avons rencontré mon ami Olympus qui étudiait, assis sur un banc, près d'une fenêtre. Le soleil baignait les couloirs et l'atrium, donnant une lumière favorable à la lecture. Malgré ses quatorze ans, (je n'en ai que douze) Olympus fait déjà des études pour être physicien et souhaite un jour travailler pour la famille royale. Son père, qui vient d'Athènes, est l'un de nos philosophes attitrés. Ces érudits ont des idées révolutionnaires, tout comme nos astronomes et nos scientifiques. Mais Père exige que ces idées restent à l'intérieur des murs du palais car, si trop d'informations subversives venaient aux oreilles des paysans, ils risqueraient de se révolter. Nous avons besoin qu'ils labourent nos champs et pêchent le poisson de nos rivières, pas qu'ils restent tranquillement assis à penser. Père dit que la maison de Ptolémée n'a que ce moyen pour garder le pouvoir — que penser est le privilège des classes nobles. Je ne suis pas sûre que ce soit juste, mais c'est la réalité.

Olympus a souri en me voyant. Sa tunique courte était attachée à la taille et il portait un petit étui en cuir qui contenait son nécessaire à écrire. Nous avons un secret tous les deux : nous nous écrivons. Cela peut paraître bizarre car nous nous voyons souvent mais cela s'est révélé un moyen fort commode de communiquer sans être espionnés. Ses lettres sont si intelligentes que je les garde, précieusement enfermées, dans le petit coffret qui se trouve près de mon lit.

Je suis restée debout tandis qu'Olympus enroulait le papyrus qu'il venait de lire. Il a grimpé sur un escabeau et a glissé le manuscrit dans l'un des casiers du mur, parmi des douzaines d'autres. Le mur ressemble aux alvéoles d'une ruche géante. En fait, ces casiers tapissent des salles entières de la bibliothèque, jusqu'au plafond. Chaque rouleau est noué par une ficelle comportant une étiquette qui permet de l'identifier. Ainsi le lecteur sait tout de suite de quoi il s'agit, car nous possédons les écrits d'Aristote et de Platon aussi bien que ceux des prophètes bibliques. Quand un petit vent se glisse dans les pièces, ces étiquettes flottent comme des myriades de petits papillons blancs. (*L'Odyssée*, le fameux poème d'Homère, s'y trouve aussi. Je l'ai lu deux fois.)

En descendant du tabouret, Olympus s'est penché vers moi et a murmuré :

– J'ai de mauvaises nouvelles, Cléopâtre.

Je n'ai pas répondu. Pendant un moment, je voulais juste regarder son visage. Ses yeux sont doux et ses cheveux bouclés tombent sur son front, à la grecque. Quand sa barbe poussera, elle sera blonde mais, pour le moment, seul un fin duvet apparaît sur ses joues et sur son menton.

Il a pris mon bras avec la familiarité d'un ami d'enfance que mon rang laisse indifférent et m'a conduite jusqu'à la fontaine, dans la cour. Néva et Puzo s'y tenaient discrètement, mais j'aurais préféré qu'ils ne soient pas si près de moi lorsqu'Olympus m'a appris la terrible nouvelle :

– Un complot se prépare. La haine et le désir de meurtre habitent les sujets de ton royaume. Au moment même où nous parlons, des tueurs recherchent ton père.

Je me suis assise sur une chaise, près du bassin dont le fond est recouvert de mosaïque bleue. La fontaine coule dans une vasque plus petite. Flèche s'est couchée à mes pieds, les deux pattes avant étendues. Tout en écoutant Olympus, je lui caressais doucement la tête. Il parlait si bas que le bruit de l'eau étouffait sa voix, ce qui empêchait sans doute les curieux de nous entendre.

Il m'a raconté la terrible vérité. En Égypte, presque tout le monde déteste Père, le pharaon, surtout les villageois qui habitent le long du Nil. Non seulement il a mal géré l'argent du gouvernement et taxé son peuple injustement, mais il a ordonné que chaque pièce d'argent frappée soit allégée des deux tiers de son métal noble !

Cela signifie que, sur la place publique ou sur les docks, l'argent d'un Égyptien représente la moitié de sa valeur d'antan. Je ne blâme pas les gens du peuple d'être en colère. Mais en quoi puis-je les aider, moi, princesse du Nil ? Et comment puis-je les empêcher de tuer Père ? Tandis qu'Olympus me parlait, j'ai essayé de rester calme. Mais j'ai éclaté lorsqu'il m'a expliqué le projet de Père.

Il veut que les Romains viennent à Alexandrie avec toutes leurs troupes, qu'ils punissent nos villageois en colère, pour qu'il puisse quitter sa cachette et revenir sur le trône. Père a également promis de payer dix mille talents à un riche prêteur d'argent romain s'il lui louait ses soldats.

Ces nouvelles m'ont désolée et, malgré le soleil qui baignait la cour, j'ai frissonné. Un combat intérieur s'est livré en moi. Je me suis efforcée de garder mon sang-froid, comme le doit une princesse, mais j'étais inquiète. L'Égypte serait maudite si Père mettait ses projets à exécution. Il sait comme nous que, si les Romains dressent leurs tentes dans notre pays, ils ne repartiront plus. Ce sont les soldats les plus forts, les plus courageux du monde.

Père a-t-il perdu l'esprit ? Peut-être est-il encore ivre car il rend un culte à Dionysos, le dieu du Vin.

– Quand mon père, le roi, a-t-il décidé de partir ? ai-je demandé à Olympus.

Et tout en le regardant, j'ai mis ma main en visière devant mes yeux. Si quelqu'un nous espionnait, il penserait que nous discutions juste de la pluie et du beau temps.

– Au début du printemps, a-t-il répondu. Avant l'équinoxe.

Je me suis livrée à un calcul. L'hiver finirait dans quelques semaines. Les bateaux reprendraient leurs voyages en mer. Si l'on compte en lunes, les voyages peuvent être épargnés par les tempêtes et les vents déchaînés seulement huit mois par an. Père pourrait naviguer jusqu'à Rome et être de retour en automne.

Je souhaite de tout mon cœur qu'il envoie une lettre

à Jules César pour lui demander de l'aide, au lieu d'entreprendre un aussi long voyage. Mais l'on sait que les lettres se perdent ou sont volées et Père dit que rien ne remplace le contact direct pour convaincre quelqu'un. J'espère qu'il a raison.

« Ô Isis, j'ai peur. » Si Père va voir César pour lui demander de l'aide, qui me protégera de Tryphaéna ? En son absence, elle s'emparera du trône, je le sais, et elle m'aura à l'œil.

J'adore Bérénice mais elle n'a droit au trône qu'en second. Je m'inquiète de sa douceur qui la rend souvent très influençable. Restera-t-elle loyale à Père ou acceptera-t-elle les plans de Tryphaéna ? Mes petits frères dorment dans la chambre des enfants et s'amusent avec leurs jouets. Quant à Arsinoé, qui a l'âge d'avoir un Pygmée pour compagnon de jeux, elle ne représente pas une menace sérieuse.

LE SOIR

Il y a eu du remue-ménage à notre repas de ce soir. Bérénice avait amené son petit animal, avec qui elle voulait dormir. Mais quand Babouin a vu la nourriture, il a refusé de s'asseoir tranquillement. Il a sauté en plein milieu de la table sur laquelle étaient disposées avec art des assiettes d'huîtres avec des holothuries et des oursins (mon plat préféré) et s'est copieusement servi.

Avant que nous ayons pu intervenir, il a renversé un bol et des oignons ont roulé par terre comme des billes blanches. Tryphaéna s'est levée, furieuse. Elle a frappé dans ses mains et a ordonné à ses serviteurs d'attraper « la misérable créature ». Mais le dîner était gâché. Trois hommes se sont jetés sur le remuant primate qui avait mis la table sens dessus dessous.

Ce soir, je mange dans ma chambre. Néva vient de m'apporter une soupe délicieuse, aux poireaux je crois, accompagnée d'un œuf de cane à la coque et de mouillettes de pain.

16 JANVIER AU MATIN

*C*e matin, je reprends mon journal de très bonne heure. Bientôt, le soleil va se lever.

Après cette dernière nuit de sommeil, je me sens reposée. Maintenant que j'ai du temps pour penser, un semblant d'espoir s'ouvre à moi.

Il n'y a pas longtemps, deux ans peut-être, Père a « acheté » une bienveillante alliance avec Rome. Dans ce but, il a emprunté six mille talents d'argent à notre gouvernement pour payer Jules César et Pompée le Grand. Pompée, général valeureux, est également surnommé « l'Exécuteur barbu ». En trois mois, il a débarrassé la Méditerranée de ses pirates — huit cent quarante-six navires qui avaient pillé des bateaux sur la route du commerce. Ce héros a aussi pris Jérusalem il y a quelques années, laissant les soldats romains en faction.

Je ne voudrais pas l'avoir pour ennemi. Quand je me suis rappelé qu'il est mon protecteur, qu'il est payé pour veiller sur les enfants royaux, je me suis sentie très soulagée.

Puisque nous sommes amis, les soldats se satisferont peut-être de camper sur nos rives jusqu'au retour de la paix.

Maintenant, Père possède seize mille talents. S'il faut des années à un travailleur égyptien pour gagner un seul talent, il faudra que de très nombreux travailleurs besognent pendant des années pour rembourser la dette de Père. Le labeur d'un pauvre homme est vraiment de peu de valeur.

Je comprends pourquoi les gens du peuple, ceux qui travaillent dur, détestent tant mon père. Mon cœur en souffre.

Tandis que j'écris, Flèche s'est enroulée autour de ma chaise, la patte posée sur mon pied. Sa longue queue tachetée est repliée sous son menton comme un coussin. Quelle brave, quelle excellente amie ! Demain, je vais demander au bijoutier de mon père de lui confectionner un beau collier neuf en or serti de pierres précieuses rouges.

Le sable de mon sablier est presque écoulé, la flamme de la lampe à huile faiblit. Au lit, maintenant...

*J'*ai pensé et repensé à ce que m'a dit Olympus, l'autre jour et je le crois car il est sage, malgré son âge. Il a étudié avec des hommes instruits au Mouseion et il côtoie aussi des gens du peuple comme le cuisinier et des charretiers : il se montre attentif à ce qu'ils disent. Cette qualité fera de lui un bon physicien et, en attendant, un excellent ami.

Comme je veux voir et entendre par moi-même ce que les sujets disent à propos de mon père, j'ai décidé de faire un tour dans l'agora. Avec l'aide de Néva, j'ai démaquillé mon visage et j'ai remplacé ma chaîne en or par un collier de coquillages. Elle a coiffé mes cheveux à la grecque et nous nous sommes vêtues de simples tuniques, sans mettre de parfum ni de boucles d'oreilles. Nous nous sommes enveloppées dans des châles car, maintenant, le vent du nord rafraîchit les journées.

De bon matin, nous sommes parties à la hâte, pour acheter du pain et des petits gâteaux. Derrière nous, Puzo se mêlait à la foule. Cette sortie n'était qu'un prétexte car en vérité j'ai des provisions de pain — les boulangers du roi nous livrent des miches fraîches deux fois par jour.

Comme d'habitude, les rues étaient bondées de gens qui se bousculaient et criaient dans différentes langues. Il y avait des odeurs si désagréables que j'ai mis un voile sur mon nez et ma bouche. C'est une des raisons pour lesquelles Bérénice ne se montre pas en public. Elle ne comprend pas les étrangers, surtout ceux qui ne prennent pas des bains aussi souvent que nous autres, Grecs. Son estomac délicat redoute les nourritures qu'elle ne connaît pas, bien qu'elle risque plus probablement d'être empoisonnée entre les murs du palais ! En revanche, moi, j'adore l'odeur de viande rôtie et les clameurs de la foule.

Néva et moi nous nous sommes donc frayé lentement un chemin dans les rues. On nous poussait de tous côtés et des mains inconnues m'ont pincée à plusieurs reprises. Oui, on m'a grossièrement pincée ! Après tout, c'est le risque que je cours en faisant semblant d'être une fille du peuple et en ne permettant pas à Puzo de rester à mes côtés. Si je me promenais avec mes gardes, tout le monde saurait que j'habite le palais. Avec ces assassins qui recherchent Père, le moins que je puisse faire est de cacher mon identité.

J'ai tourné dans une ruelle si étroite que mes épaules ont frôlé les murs tandis que j'évitais les flaques et les étrons. Néva m'a suivie, agrippée à mon écharpe pour ne pas me perdre. Nous avons franchi un passage devant lequel un homme était accroupi. Derrière lui il y avait une petite boutique. Le mur du fond était sombre, mais une petite lampe à huile éclairait des étagères d'idoles à vendre, de toutes les dimensions, taillées dans la pierre et dans le bois. Sur l'allée s'ouvraient de nombreuses échoppes semblables à la première et leurs propriétaires, recroquevillés sur le seuil, nous regardaient passer d'un air narquois en tendant leurs mains sales.

Nous nous sommes engouffrées dans une rue claire et animée, nous mêlant de nouveau à la foule. Un Arabe en *dishdasha* flottante, un bandeau tressé autour du front, m'observait. Cher Puzo. Une fois encore je me suis sentie en sécurité. Un attroupement s'est formé. Je me suis baissée pour voir ce qui attirait les passants : une cage carrée dans laquelle des bébés crocodiles longs comme mon bras se tortillaient et claquaient des dents. À mon avis, il y avait longtemps qu'ils n'avaient pas mangé. Les enfants introduisaient des bâtons et des roseaux entre les barreaux, sans se douter que leurs doigts pouvaient être tranchés d'un seul coup de dents.

Le propriétaire des crocodiles était un minuscule homme noir, un Pygmée, juché sur la cage, qui criait d'horribles imprécations. Ses crocodiles, claironnait-il, étaient à vendre pour pas cher, à celui qui les glisserait dans le lit du roi. La foule rugissait de joie, sans comprendre que celui qui commettrait un tel forfait serait décapité.

Mon cœur était si troublé que j'ai tiré Néva par le bras et nous avons couru vers le débarcadère. Près du port, à l'est, une langue de terre et de roches forme une digue, à proximité du temple d'Isis, notre déesse.

Nous avons escaladé les marches et nous sommes entrées dans le lieu de culte. C'est une vaste pièce ouverte avec une large vue sur la mer, où la brise souffle toujours. Dans la chaleur de l'été, elle nous rafraîchit. Maintenant, en hiver, elle est glaciale.

J'ai posé une petite boule d'encens que j'avais transportée dans ma bourse aux pieds de la statue d'Isis. Un gardien du culte est sorti de l'ombre en portant une lanterne pour éclairer mon offrande. Des bougies flottant dans des bols d'huile, posés sur les marches, jetaient des lueurs dansantes sur la statue. Les flammes ont trembloté tandis qu'un esclave m'éventait avec un éventail en plumes d'autruche.

« Ô Isis, ai-je prié. Protège mon père. Protège-moi. Je sens que le danger est encore pire que celui que j'imaginais. »

PLUS TARD

*N*éva et moi nous avons quitté le temple pour marcher le long de la plage glaciale. Puzo suivait. Une foule s'était rassemblée sur le sable. Un Psylle, un de ces nombreux Africains charmeurs de serpents qui parcourent les rues d'Alexandrie, amusait les badauds. J'ai vu le cobra se dresser hors de son panier, le capuchon dilaté, tandis qu'il se balançait. Les gens ont lancé des pièces dans un plat et applaudi, mis en joie par la danse du serpent. Ne savent-ils pas que les cobras sont sourds à la musique de la flûte ? Ils se dilatent juste parce qu'ils sont en colère et prêts à cracher leur venin mortel. Des hommes ont été tués au cours de ce genre de spectacle, j'en suis témoin.

Tout près de nous, deux garçons qui avaient de l'eau jusqu'aux genoux ont jeté leurs filets de pêche et se sont mis à chanter. C'était un chant cruel qui m'a donné la chair de poule, cruel parce qu'il parlait du roi Ptolémée et de sa fille Cléopâtre, moi. J'ai tremblé en entendant s'élever le chant. En voici un extrait :

Une coupe empoisonnée
La morsure d'un serpent
Une épée sur le cou
Tout cela serait juste...

Ne souhaitant pas en entendre davantage, je me suis frayé un chemin à travers la foule et m'en suis retournée au chemin canopique qui mène au palais, suivie de Néva. Nous sommes entrées par l'une des portes de service. Avant de nous changer, j'ai pris une tablette et l'ai frottée jusqu'à ce que la cire soit assez lisse pour me permettre d'écrire. Ensuite, j'ai posé par-dessus une tablette vierge, je les ai ficelées ensemble et j'ai allumé une bougie rouge. J'ai versé de la cire liquide sur la ficelle et j'ai pressé mon anneau en guise de sceau.

– Apporte ça à Olympus, ai-je ordonné à Néva.

Il avait raison. La vie de Père est en danger. Et la mienne aussi.

*F*lèche porte son nouveau collier. Quand elle traverse une pièce, je vois la lueur des flambeaux refléter les minuscules améthystes, ma pierre précieuse préférée. Elles sont serties d'or avec les hiéroglyphes de nos deux noms gravés en noir.

Olympus et moi, nous nous envoyons des messages deux fois par jour. Je lui ai écrit que les chansons entendues dans la rue m'avaient effrayée, aussi ce matin nous sommes-nous rencontrés au gymnase pour parler des derniers événements en regardant les lutteurs. Nous nous sommes assis dans les tribunes, près des athlètes, là où leurs bavardages couvriraient nos voix. Oh, comme l'amitié d'Olympus me réconforte !

J'ai réfléchi à une chose qui me réjouit le cœur : quand Olympus est à mes côtés, j'oublie que je suis une princesse et que lui est un homme du peuple. Cela tient peut-être à sa façon hardie d'exprimer sa pensée : il se penche souvent vers moi en me touchant le bras et en m'interrogeant du regard, jusqu'à ce que j'approuve de la tête. Et, quand c'est moi qui parle, il écoute chaque mot avec attention et me regarde avec tant de tendresse que je finis par lui ouvrir mon cœur. Olympus sera un grand physicien, je le sais. Bien qu'il soit jeune comme moi, je crois en lui.

Mais ma sécurité le tracasse. Il a entendu d'horribles rumeurs à mon sujet et, ce matin, il a fait une découverte inquiétante dans les écuries.

Le maître d'équitation a montré à Olympus une feuille de papyrus qui avait été épinglée sur la stalle de Bucéphale. Quelqu'un avait dessiné les enfants de Ptolémée : les plus jeunes dormaient paisiblement dans des berceaux, les deux aînées, Tryphaéna et Bérénice, contemplaient leurs reflets dans un miroir, mais la troisième fille — moi — n'avait plus de tête !

Lorsqu'Olympus m'a apporté le papyrus, j'ai eu le cœur serré. Je ne sais pas exactement ce qu'il veut dire ni qui veut m'assassiner. Tout le monde sait que je suis la fille préférée de Père ; peut-être ceux qui le haïssent me haïssent-ils aussi parce que je suis probablement celle qu'il désignera pour lui succéder.

Dans tous les cas, il est maintenant trop dangereux de monter Bucéphale, même dans le désert. Les ennemis connaissent l'oasis que je préfère, où nous nous reposons toujours avant de retourner en ville. Mon cœur est inquiet à la pensée que l'on m'espionne.

Olympus s'est mis à faire des plans, mais il ne m'a pas dit en quoi ils consistaient. Il attend que tout soit bien au point.

22 JANVIER

*L*a nuit dernière, avant que la lune ne se lève, Néva et moi nous avons descendu les marches du palais qui mènent jusqu'au plan d'eau. Puzo attendait avec un petit bateau. Dans l'obscurité, il nous a conduites en pagayant jusqu'à mon île, Antirhodos. Je souhaitais me retrouver seule, ce qui voulait dire sans servantes et sans gardes auprès de moi.

Quand nous nous sommes approchés de la rive, Puzo a sauté dans l'eau pour mener le bateau à quai. J'ai soulevé ma tunique, pour ne pas la mouiller, j'ai escaladé le bord et atterri dans le sable. Des torches illuminaient l'entrée jusqu'à mon petit palais, mais je voulais marcher un moment le long du rivage. Tout à coup, Puzo a couru vers moi et nous a fait remonter en vitesse sur le bateau. Sous le bras, il portait un objet blanc et rond.

Je n'ai pas compris pourquoi nous devions quitter si vite Antirhodos, mais j'ai fait confiance à Puzo. Quand il s'est mis à ramer, l'objet qu'il avait posé à ses pieds a roulé vers moi.

C'était un crâne humain. Même à la faible lumière, j'ai vu que mon nom était peint sur le front.

Cela m'a bouleversée. Un autre message de quelqu'un qui souhaite ma mort. Qui donc ?

La princesse Cléopâtre à Olympus, son loyal ami et guide :
Que la paix et la grâce des dieux soient avec toi ! Ta dernière lettre m'a fait si peur que j'ai effacé ce que tu m'écrivais pour qu'on ne te soupçonne pas.

Oui, je serai prête. Ne le dis à personne, même pas à ma petite sœur Arsinoé ni à mes frères. Leurs gouvernantes inventeront une histoire, si elles veulent, si on demande où je suis passée. Quand Tryphaéna et Bérénice auront compris, je serai à l'abri.

Je confierai Flèche à tes bons soins, mon ami. Veille, je t'en prie, à ce qu'elle soit bien nourrie, sinon ses instincts sauvages reprendront le dessus. Si notre cuisinier manque d'agneau, des ribambelles de rats grouillent dans la réserve à grains, tendres et succulents. De temps à autre, elle se régale d'un œuf d'autruche. Bucéphale a besoin d'exercice et de quelques tendres caresses. Mais attention, ne peigne pas sa crinière.

Merci d'avance, cher Olympus. Je sais que nous nous reverrons d'ici mon départ, mais nous ne pourrons probablement pas parler à haute voix de nos plans, voilà pourquoi je te donne ces instructions pour t'occuper de mes animaux que j'aime tant.

Je suis heureuse que Néva m'accompagne dans ce voyage, mais je me réjouirais complètement si toi, mon ami, tu pouvais être à mes côtés.

16 FÉVRIER

J'attends. Olympus me répondra quand le moment sera venu.

Mes gardes restent auprès de moi, même quand je prends mon bain, bien qu'ils se tiennent derrière une tenture avec la harpiste. Puzo possède une épée et un petit poignard fixé à l'intérieur de ses sandales. Ses brassards d'or sont tissés avec des chaînes qu'il peut rapidement jeter au cou d'un ennemi pour l'étrangler. La mort survient au bout de quelques secondes. Je l'ai vu pratiquer cette méthode sur des condamnés à mort. Ce n'était pas vraiment un spectacle très agréable.

Bien que je sache que Puzo est prêt à sacrifier sa vie pour moi, je n'arrive pas à bien dormir. La peur d'être empoisonnée m'habite, aussi ai-je engagé un esclave pour goûter la nourriture avant moi. Je ne sais pas son nom, je ne veux pas le savoir, mais il est toujours vivant, grâce aux dieux.

Comme ma vie est en danger, Néva et moi n'avons pu nous promener sur l'agora, ces quatre dernières semaines, ni visiter les écuries. C'est le palefrenier qui s'occupe du pauvre Bucéphale. Hier, un autre billet d'avertissement était épinglé sur sa stalle. Si je caresse mon cheval, un tueur nous transpercera tous deux d'une épée. Cela me terrorise. Qui veut ainsi ma mort et où se cache-t-il ? Me voit-il en ce moment ?

Je passe des heures à écouter Néva me faire la lecture mais, quand sa voix se fatigue, je vais à la bibliothèque voir Olympus. Comme il parle aussi bien le latin que sa langue maternelle, le grec, il m'apprend à parler comme les Romains. C'est un langage rude qui me fait songer aux grognements des cochons mais, puisqu'il le faut, je suis décidée à communiquer avec les barbares. Je serai donc bien avisée de connaître le sens précis de leurs mots. Ai-je mentionné que le jeu préféré d'Olympus consiste à traduire le latin en grec et le grec en latin ?

Cela l'aide, dit-il, à enrichir son vocabulaire et à améliorer son style.

Olympus et moi nous réjouissons de passer du temps avec notre bon ami Théophile, qui vit dans la partie est de la ville, en plein quartier juif. Son ancêtre était l'un de ces soixante-dix hommes qui ont traduit les écritures hébraïques en grec et on appelle cette traduction de la Torah la Septante. Pour des raisons que j'ignore, il y a autant de Juifs à Alexandrie qu'à Jérusalem ; leur synagogue est immense. Tous les trois, nous avons passé des heures dans la cour à discuter de nos différentes religions. Oh, comme je me plais en leur compagnie ! Ils m'ont dit que ce serait gaspiller mon temps que d'aller rendre visite à Alexandre le Grand. Ce n'est pas le Messie, son corps restera dans la tombe jusqu'à ce que quelqu'un l'enterre ou le jette à la mer, affirment-ils avec conviction.

Théophile, dont le nom signifie « celui qui aime Dieu », affirme que sa famille descend de Moïse, le Juif qui a guidé son peuple hors d'Égypte. J'ai réfléchi à ce sujet et je lui ai demandé pourquoi les Juifs étaient retournés en Égypte s'ils souhaitaient si vivement en partir. Notre conversation a alors été interrompue par un messager. Après une rapide courbette, il m'a rapporté que le vaisseau du roi Ptolémée fendait les flots en direction de Rome.

J'ai bondi. « Non, ai-je pensé. Cela ne peut pas être. »

En toute hâte, je suis retournée au palais pour me déguiser et j'ai parcouru les rues, avec Néva, de l'Heptastadion jusqu'à l'île de Pharos. Puzo, cette fois-ci, s'était habillé en pêcheur pauvre. En haut du phare, je pourrais enfin vérifier si Père était sorti de sa cachette et quittait Alexandrie.

Le gardien du phare était un vieil homme voûté. Il savait que j'étais une princesse déguisée, mais je suis sûre qu'il ne me trahira pas. Il y a des années, quand il vivait à Rome, on l'a surpris en train de dire du mal de Jules César et on lui a donné cette alternative : ou bien être mis à mort, crucifié comme un vulgaire criminel romain, ou bien avoir la langue tranchée. Il a choisi de vivre. Mais, sans sa langue, il ne pourra plus jamais prononcer un mot.

Je lui ai demandé quel vaisseau avait quitté le port. Était-ce celui de Père ?

– Non, m'a-t-il répondu par gestes. Venez voir vous-mêmes.

Il nous a conduites à l'intérieur. L'immense rez-de-chaussée, de forme carrée, comportait des bureaux, des entrepôts et des chambres. Des fagots de bois s'entassaient des deux côtés. Les bois provenaient de différents endroits, certains venus de nos jungles par le Nil, d'autres des forêts de Phénicie.

J'ai levé les yeux. Un escalier en colimaçon menait en haut du phare où trônait la lanterne, semblable à la flamme d'un chandelier géant. Un âne, qui montait une carriole chargée de bois, a croisé son collègue qui descendait.

Toute la journée et toute la nuit, on doit alimenter le feu.

*L*e gardien du phare nous a fait signe de le suivre en rasant le mur. Il n'y avait pas de rampe. Une marche ratée et nous serions tombés dans le vide. Je me suis inquiétée car le sol, couvert de crottin d'âne, était glissant. L'odeur infecte me soulevait le cœur. D'une main, j'ai voilé mon nez et de l'autre je me suis appuyée contre le mur de pierre. Au passage des petites fenêtres ouvertes, la brise m'a rafraîchie. J'ai aperçu le bleu de l'océan à mes pieds.

La vue était vertigineuse. Pendant un moment, je me suis imaginée en train de tomber, une pensée si vive que mon cœur s'est emballé. Quel paysage !

Je ne pouvais dire où commençait le ciel et où finissait la mer, tant ils se mêlaient parfaitement. Au-dessous de nous, la ville s'assemblait en blocs de marbre blanc étincelant au soleil, imbriqués comme les cubes d'un jeu de construction. Les rues se déroulaient en rubans sombres, où les passants avançaient lentement comme des rangées de fourmis. Après le palais, j'ai reconnu l'hippodrome. Des chariots miniatures tirés par de minuscules chevaux décrivaient des cercles, formant comme des pointillés. On aurait dit les jouets de mes frères ! À côté se trouvaient les écuries, mais je n'ai pu apercevoir mon cher Bucéphale.

Plus loin, à l'ouest, s'étendaient les vastes dunes de sable blond du Sahara, trouées d'une tache verte près de la côte, peut-être une oasis ? Et, dans l'autre direction, le Nil se jetait dans la Méditerranée. Maintenant, je sais ce que voient les oiseaux, ai-je songé. Est-ce que les dieux, dans le ciel, nous observent comme si nous étions des fourmis ? Isis peut-elle me voir ? Est-elle au-dessus de nous ou dans son temple ?

À mesure que nous grimpions, les murs s'inclinaient. Quand nous nous sommes approchés de la tour d'alarme, l'air venu des fourneaux rugissants est devenu plus chaud. À force de lever les yeux, j'avais mal au cou. Devant l'une des fenêtres il y avait une corniche sur laquelle une statue de Poséidon surplombait l'océan.

Un homme portant un masque de fer et une cuirasse en maille par-dessus sa chemise déchargeait du bois sur le bûcher. Ce grillage brûlant ne lui donnait-il pas des cloques ?

Le gardien du phare a étendu le bras pour nous barrer le passage. Il nous a désigné un énorme miroir circulaire. C'était du verre poli, creux comme une coupe, beaucoup plus clair que le dôme qui surmonte Alexandre le Grand. Un autre homme, cuirassé lui aussi, le tournait légèrement.

À ma grande joie, j'ai vu une image s'animer dans le miroir, aussi claire et nette que ma main. J'ai aperçu l'océan bleu. Un navire voguait au gré des vagues couronnées d'une crête d'écume blanche. Une mouette a plané au-dessus du mât. C'était une trirème, un vaisseau de guerre rapide et léger, avec trois rangées de rames superposées. J'ai jeté un coup d'œil par la fenêtre, mais il n'y avait que du bleu.

– Princesse, s'est écriée Néva, c'est le miroir magique dont Olympus vous a parlé.

Quelle magie ! Voir quelque chose de près alors que c'est en réalité très loin. Il s'agissait donc d'une invention de nos astronomes !

Le plaisir d'assister moi-même à cet étrange phéno-mène est inexprimable. En fait, j'étais surtout rassurée qu'il n'y eût pas de drapeau royal sur ce vaisseau. Ses rames, tout en bois, n'avaient pas d'extrémités d'argent. Cela signifiait que mon père, le roi, n'était pas à bord mais toujours à terre.

27 FÉVRIER

*L*a nouvelle est arrivée. Le messager qui a remis la tablette était un petit garçon éthiopien d'environ six ans. Il s'est incliné si bas en me saluant qu'il a glissé et s'est écroulé à mes pieds. Il s'est mis à pleurer, le pauvre petit, lorsque Néva l'a aidé à se relever. J'ai gardé ma distance de princesse mais je lui ai souri quand il a levé les yeux. On a dû lui répéter que, lorsqu'il se penche pour saluer, son cou est à la merci de l'épée de Cléopâtre. À vrai dire, je n'aime pas porter des armes. Elles sont lourdes et forment de vilaines bosses sous ma robe.

J'ai fait un signe aux gardes afin qu'ils laissent sortir l'enfant sans dommage.

J'ai porté la tablette jusqu'à la fenêtre, à la lumière. J'ai brisé le sceau, défait la ficelle et lu le message d'Olympus.

Il a vu mon père qui se cache depuis des semaines. Le roi Ptolémée et son loyal conseiller sont entrés secrètement dans Alexandrie et se trouvent au port, prêts à embarquer pour Rome. Voilà ce qu'a écrit Olympus :

Dépêche-toi, Cléopâtre, mais fais attention. Ne mange rien, ne bois rien. Certains amis de Tryphaéna sont payés pour t'empoisonner.

J'ai vite effacé ce message et fait un signe à Néva. Maintenant, le temps presse. J'écrirai le déroulement de cette journée plus tard.

15 MARS
À BORD DU NAVIRE DU ROI *PTOLÉMÉE*

*I*l y a dix jours que nous sommes en mer. Néva, bien que malade, s'occupe de moi comme une sœur et me fait la lecture chaque fois que j'en exprime le désir. En ce moment, elle dort sur la couchette qui se trouve en dessous de la mienne car j'ai insisté pour qu'elle se repose.

Moi aussi, le roulis constant de notre bateau me rend malade. Ce qui semblait si beau en haut du phare paraît maintenant gris, froid, inhospitalier. J'aimerais me sentir mieux. Je suis si inquiète. L'autre jour, nous avons évité des pirates cachés dans la baie d'une petite île.

Notre capitaine a ordonné qu'on dresse, à la place de nos voiles royales pourpres, des blanches comme celles qu'utilisent les simples pêcheurs, en attendant que nous atteignions sains et saufs le port près de Rome.

Ce sont les Ides de Mars, selon l'expression romaine qui désigne le milieu du mois. Je maudis leur dieu de la Mer, Neptune, pour ce rude voyage. Est-il sous les vagues, en train de nous malmener ou se querelle-t-il avec notre grand Poséidon ? Qu'importe, je souhaite qu'il aille en tourmenter d'autres.

Durant de longs jours, nos bateleurs ont ramé de toutes leurs forces tandis que le vaisseau affrontait les vagues, brisait les crêtes, glissait puis remontait sans répit. Maintenant, je me suis accoutumée au roulement de tambour qui rythme le travail des esclaves. La nuit, il cesse pour les laisser dormir et le vent, qui souffle dans les voiles, prend le relais.

Il y a du soleil et je m'enveloppe dans un manteau pour me protéger du vent. Des nuages bas se dessinent à l'horizon, gris striés de noir. On dirait que l'orage nous menace.

J'écris ma journée assise contre le mât. Le vent gonfle la voile au-dessus de moi. Mon brave Puzo est en train de vider son estomac par-dessus bord. Il paraît que même un gladiateur tel que Spartacus était malade en mer. Je le laisse tranquille en fixant mon attention sur ce journal.

La première feuille de papyrus sur laquelle j'ai

commencé à écrire ce matin a été inondée par une vague qui a franchi le pont. J'ai bondi, mais mes feuilles et ma robe étaient déjà mouillées.

J'essaierai à nouveau sur ce papier sec.

AVANT LE COUCHER DU SOLEIL

*R*evenons à notre dernière nuit à Alexandrie. Elle a été désastreuse. J'ai du chagrin car un malheur est arrivé à ma douce Bérénice. Je venais juste de lire l'avertissement d'Olympus quand un cri terrible a retenti dans le palais. Mon cœur se mit à battre violemment. « Où est passé Puzo ? Dois-je me cacher ? » Néva jeta un œil hors de notre chambre puis désigna la grande salle. Des filets de sang couraient le long du marbre, formant un petit ruisseau qui conduisait à la cour.

« Ô Isis, quelqu'un a été assassiné ! » Je pressai ma main sur mon cœur qui battait à tout rompre. « Suis-je la prochaine victime ? » me demandai-je.

Tryphaéna apparut alors, escortée de trois de ses gardes nubiens. Leur peau noire et huilée luisait et leurs épées claquaient contre les ornements de bronze de leurs habits égyptiens. Quand elle pointa son doigt sur moi, je m'arrêtai et levai les mains.

– Que se passe-t-il, ma sœur ? demandai-je.

« Reste calme », me suis-je dit. Son visage furieux, je l'admets, me terrifiait. La sœur que j'avais en face de moi souhaitait ma mort. Serait-elle assez téméraire pour me faire exécuter sur-le-champ, dans notre maison ?

– Quand j'aurai attrapé ton maudit félin, je te ferai porter sa tête sur un plateau d'argent, lança-t-elle.

Avant que j'aie pu lui poser la moindre question, elle avait fait demi-tour et traversé l'atrium. Elle avait beau être partie, j'avais toujours peur et je courus dans la salle pour rejoindre la suite de Bérénice.

Je la trouvai sanglotant sur son lit. Elle s'assit et m'attrapa par les épaules. Du maquillage noir coulait le long de ses joues.

– Tu l'as fait exprès ? me demanda-t-elle.

Alors, elle me raconta ce qui s'était passé. Elle jouait dans sa chambre avec Babouin, sur le tapis persan sur lequel je me trouvais maintenant. Elle allait dans l'autre pièce pour chercher un jouet quand elle entendit hurler son petit protégé, comme le font souvent les bébés quand leur maman s'en va.

Bérénice n'y prêta pas attention jusqu'à ce que les cris deviennent plus perçants. Lorsqu'elle se retourna, elle vit sur le seuil de la porte une panthère marcher majestueusement en direction du petit singe. Bérénice poussa un cri pour appeler à l'aide, mais ma Flèche (oui, mon « maudit félin ») avait déjà bondi sur Babouin, l'avait cueilli entre ses mâchoires et emporté dans le jardin.

Je m'attendris sur le triste sort du petit animal de

Bérénice mais, dans mon cœur, je pense qu'une panthère reste une panthère, dans une jungle ou dans un palais.

Tard dans la nuit, Néva, Puzo et moi, nous nous sommes cachés sur l'un des toits du jardin, à l'abri dans un entrelacement de vignes. De là, nous pouvions voir la cour principale et Tryphaéna et ses gardes chaque fois qu'ils franchissaient le vestibule. Je crois qu'elle était à ma recherche. Nous sommes restés parfaitement immobiles, sans un souffle, sans un froissement de feuilles, car je ne voulais pour rien au monde qu'elle nous trouve. Quand j'ai vu ses gardes partir en bateau en direction de mon île, j'ai remercié Puzo de m'avoir empêchée de m'y réfugier.

Du haut du toit, nous avons aussi observé le port. Enfin, nous avons vu une torche s'agiter depuis la jetée : Olympus nous faisait des signaux ! Nous nous sommes précipités dans les rues sombres jusqu'à l'embarcadère où les bateaux de la flotte royale larguaient les amarres. Puzo a sauté dans le navire et nous a aidées à monter à bord. Mon cœur battait si fort que je n'avais plus de souffle pour le remercier.

Le lendemain matin, Père eut un choc en me voyant.

Comment l'avions-nous retrouvé et pourquoi étions-nous ici ? demanda-t-il. Il s'appuyait contre le bastingage, la mer déferlant derrière lui. J'étais toujours vêtue d'une tunique royale de couleur brune. (Dans notre chambre, Néva déballait nos caisses qui avaient été visitées par des voleurs quelques jours plus tôt.) J'ai expliqué que ses ennemis voulaient aussi m'assassiner et comment Olympus nous avait aidés à fuir.

– Je veux rester à vos côtés, Père, lui affirmai-je. Quand vous rencontrerez César, deux Ptolémées seront plus forts qu'un.

Il me regarda, les yeux las, et me prit les deux mains. Avec un sourire triste, il me dit :

– Ma fille, tu es aussi brave que Néfertiti.

Mon cœur bondit de joie. Mon père sait-il combien j'admire Néfertiti ? Dans ma boîte à bijoux, j'ai un camée qui représente le profil taillé de cette belle reine qui vécut il y a plus de mille ans. Pendant mes heures passées à la bibliothèque, j'ai découvert sa grandeur et celle de son époux, le pharaon Akhénaton. Leur religion reposait sur l'adoration d'un dieu unique, l'Esprit de la Vérité. Certains Égyptiens les détestaient tant pour cette raison qu'ils détruisirent des monuments et effacèrent leurs noms de bien des archives. Je suis honorée que Père pense que mon caractère s'apparente à celui de Néfertiti. Elle soutint fermement ses convictions sans se préoccuper de ce que les autres pensaient d'elle. J'écrirai davantage là-dessus après avoir vidé mon estomac. Je sens que je suis de nouveau malade.

RETOURNONS AU PRÉSENT...

*N*otre vaisseau fait partie d'une petite flotte de trirèmes royales sur lesquelles ont embarqué les serviteurs de Père, ses conseillers et autres loyaux sujets. Père en est le commandant mais, malheureusement, pour l'heure, il s'est remis à dormir. Non seulement il a le mal de mer, mais il a trop bu. À mesure qu'il se rapproche du jour où il rencontrera les Romains, son courage faiblit. Peu importe qu'on se moque de lui ou qu'on le tue. Tout en prenant du plaisir à boire, il prie son dieu Dionysos pour que les Romains restent nos amis et qu'ils reviennent avec nous et leurs soldats à Alexandrie.

Nous voguons vers l'ouest. La côte nord de l'Afrique est à notre gauche, du côté de notre port. On n'aperçoit que le désert. Quelle est cette mince bande blanche ? Des vagues qui se brisent sur la côte. Elles doivent être gigantesques si nous les voyons d'aussi loin. Un matelot juché sur le grand mât a poussé un cri. Un navire nous rattrape.

LE LENDEMAIN MATIN...

*Q*uel choc ! Puzo m'a poussée sous le pont avant pour ma sécurité, au cas où il y aurait une attaque de pirates. J'ai plongé sous les poutres et remarqué Père étendu sur une couchette, inanimé, des vomissures sur le menton. Je l'adore mais comment peut-il gouverner en buvant si souvent ? Ai-je tort d'estimer que je suis la seule autorité royale à bord de ce bateau ?

Un garde a jeté une couverture sur la tête de Père afin qu'il passe pour un marin saoul, tandis que Puzo m'a cachée dans un petit placard où l'on range les cordages. Il faisait chaud, c'était insoutenable. Je me suis efforcée d'entendre ce qui se passait sur le pont et j'aurais bien souhaité voir combien de temps s'écoulait, grâce à mon sablier. Quelque chose est venu heurter notre coque. J'en ai déduit qu'un bateau avait harponné le nôtre.

J'ai attendu, supposant qu'il y aurait de la bagarre mais, curieusement, j'ai entendu des murmures. J'ai ouvert le placard et me suis faufilée dans l'escalier où soufflait un courant d'air frais. J'ai alors reconnu une voix familière : Olympus !

J'aurais voulu grimper les marches de l'escalier quatre à quatre mais le roulis m'en empêchait. J'ai dû m'agripper à la rampe. J'ai constaté que notre capitaine avait viré de bord pour récupérer nos visiteurs sans dériver. Comme nous n'avancions pas, notre bateau s'est trouvé pris dans les hautes vagues, brinquebalant de droite et de gauche. Je luttais contre le mal de mer.

Comme mon cœur s'est réjoui à la vue d'Olympus ! Cramponné à un cordage, il écartait les pieds pour garder l'équilibre. Son sourire montrait notre lien d'amitié, mais il s'est exprimé avec solennité :

– Princesse Cléopâtre, a-t-il dit en lisant un rouleau de parchemin, votre sœur Tryphaéna souhaite que vous sachiez qu'étant donné que vous et votre père naviguez vers Rome, elle est maintenant reine et pharaon. Si l'un de vous deux remet jamais le pied en Égypte, il sera exécuté sur-le-champ.

La vérité éclatait. Tryphaéna avait juré ma perte. C'étaient sans doute ses fidèles amis qui avaient chanté ces chansons à mon sujet dans les rues et avaient écrit ces propos assassins. Je me suis demandé dans quel sarcophage elle avait dérobé le crâne qu'elle avait placé dans mon palais, à Antirhodos.

Olympus m'a jeté un coup d'œil. Il gardait son sang-froid mais je sentais bien que son terrible message le troublait. Nous savions tous deux que, si je retournais à Alexandrie, c'en était fait de moi. Si je restais en exil pour sauver ma vie, nous ne nous reverrions plus jamais. Et, s'il me suivait, il serait lui aussi banni et ne reverrait plus jamais sa famille.

– Père est malade, ai-je dit aux deux gardes qui étaient avec lui. Je lui donnerai votre message. Merci.

Oh, comme mon cœur souffrait ! J'aurais souhaité me retrouver seule avec mon ami, pour avoir une de nos longues et exquises conversations, mais déjà il descendait l'échelle de corde. Il était venu par un petit bateau rapide, manœuvré par des équipes d'esclaves qui ramaient jour et nuit.

« Attends ! », ai-je eu envie de crier à Olympus.

Mais j'ai gardé mon sang-froid, relevé un pan de ma tunique pour ne pas trébucher et je suis descendue.

J'ai fait un signe au garde qui me suivait :

– Je souhaite rester seule avec mon père.

Je suis entrée dans la soute et j'ai changé la couverture qui lui recouvrait la tête. Une outre était accrochée au mur, j'en ai versé quelques gouttes sur un tissu que me tendait Néva. Elle s'est assise par terre près de moi tandis que je lavais le visage de Père, tout en me représentant Tryphaéna en araignée guettant au milieu de sa toile.

Père a continué à dormir. Avec une tristesse que je ne m'expliquais pas, j'ai posé ma tête contre sa poitrine et j'ai pleuré.

– Père, ai-je chuchoté, qu'allons-nous faire ?

J'avais aussi bien du chagrin en songeant à Olympus. Le reverrais-je un jour ?

28 MARS

Les jours semblent s'étirer. Père a mal réagi aux nouvelles qui concernent Tryphaéna.

Néva m'aide à travailler le latin en me lisant des poèmes de Catulle. Peut-être devrai-je parler moi-même aux sénateurs romains si Père ne va pas mieux. Je suis sûre que j'ai un fort accent. Brusquement, la pensée de me retrouver face à face avec Jules César m'a fait trembler.

Après tout, je ne suis qu'une adolescente ! Lui demander d'envoyer des soldats en Égypte et de payer tous les frais nécessaires à une telle campagne exigera de moi une audace que je n'ai pas encore.

Je crois qu'être une princesse consiste en grande partie à jouer la comédie.

Ce matin, notre guetteur a poussé un cri. Un navire égyptien destiné au transport du blé se dirigeait vers nous, retournant apparemment vers Alexandrie. Tous les passagers ont vite écrit des billets. J'ai envisagé la menace que représente Tryphaéna. Père comprendra que j'aie pris sur moi de lui envoyer un message de notre part à tous les deux. Bientôt, je lui expliquerai ma stratégie.

Si le temps le permet, les navires qui se croisent échangent des messages à remettre à l'escale suivante. En ce moment, le navire égyptien et le nôtre baissent les voiles et s'approchent doucement l'un de l'autre. Au-dessous de nous, la figure de proue, dorée et peinte en rouge et bleu impérial, représente les jumeaux Castor et Pollux en train de danser. C'est une des sculptures les plus élégantes que j'aie jamais vues : peut-être les marins croient-ils vraiment que ces dieux les protègent.

*E*t voilà, nous avons de nouveau hissé les voiles. Nous repartons avec un sac de lettres à destination de Rome ou de la Sicile tandis qu'ils emportent notre courrier. Je me réjouis à l'idée que, dans deux semaines, Olympus lira peut-être ces lignes :

De la princesse Cléopâtre, à bord de la galère royale Roga, *en mer Méditerranée, à Olympus, son ami fidèle et cultivé :*

Que les dieux te protègent. Porte, s'il te plaît, la lettre ci-jointe à ma sœur Tryphaéna. Je lui écris qu'elle peut rester sur le trône, que Père et moi-même nous soumettrons à son autorité et deviendrons ses humbles serviteurs si nous revenons en Égypte. Si elle ne nous craint pas, elle nous laissera peut-être la vie.

J'attends de tes nouvelles à Rome, mon cher ami, par le prochain vaisseau en provenance d'Alexandrie. Si tu trouves Flèche, pourrais-tu la confier au zoo ? Elle y sera en sécurité avec les autres panthères. Je suis certaine que tu prends bien soin de Bucéphale.

Et qu'en est-il de cet horrible serpent ? Se cache-t-il toujours dans le palais ? Si la grande Isis m'est favorable, elle le conduira jusqu'à Tryphaéna.

*L*a mer est calme. Pas un souffle de brise dans nos voiles aujourd'hui, nous n'avançons pas beaucoup. Sur les flancs du vaisseau, je vois émerger puis replonger dans les flots, encore et encore, les longues rames de bois, leurs pales argentées ruisselantes d'eau de mer. Assis en contrebas, le contremaître bat le tambour à un rythme régulier. Suspendu au-dessus de sa tête, un sablier lui indique les temps de pause, quand vient le moment de faire circuler la gourde. Souvent il chante, accompagné parfois par les esclaves. Lorsque le bois commence à craquer, il graisse les sangles de cuir qui retiennent les rames avec de l'huile d'olive. D'après ce que j'ai observé, il faut le faire au moins une fois par jour.

Je n'aime pas la vue de ces hommes qui, contrairement à mes propres esclaves, mènent une existence misérable. On les enchaîne en permanence pour éviter qu'ils ne sautent par-dessus bord et s'enfuient à la nage. Cette galère comporte trois rangées de rames, les rameurs sont donc assis à l'intérieur de la coque sur des bancs de bois répartis en trois étages successifs. Les mouvements de leurs bras ne doivent pas varier d'un pouce, sans quoi leur rame pourrait percuter une autre rame et modifier le cap du bateau.

J'entends souvent le même bruit, que j'essaie pourtant d'éloigner de mon esprit : le claquement du fouet sur le dos des hommes. On les bat sous le moindre prétexte, notamment lorsqu'ils s'endorment sur leur banc.

Par ailleurs, l'eau est si claire que j'arrive à distinguer les bernaches sur la coque. Un poisson aux grosses nageoires sombres apparaît de temps à autre à la surface, un compagnon de route en somme. Il est aussi grand que moi et bat des nageoires à la manière d'un oiseau avec ses ailes. Les marins essaient de le capturer pour vérifier si sa chair est bonne.

La nuit dernière, nous avons entendu du bruit en provenance des autres bateaux de la flotte. Dionysos est quotidiennement fêté par les équipages, à en croire leurs gros rires et leurs chansons paillardes. On joue aussi beaucoup aux dés. Quelques marins querelleurs ont jeté des amphores vides par-dessus bord. C'est vraiment stupide de leur part, car ces récipients sont précieux et on aurait pu les remplir chez les négociants en vin de Rome. J'ai l'intention de mettre un terme à ce gâchis.

De l'un des bateaux nous parvenait une espèce de gémissement qui allait en s'amplifiant. Avec Néva, je me suis penchée par-dessus le bastingage pour mieux entendre. Quelqu'un devait être malade ou blessé. Mais notre capitaine nous a vite détrompées : il s'agit en fait d'une lionne et de ses petits, enfermés sous l'un des ponts. Il a dit qu'une jeune girafe s'y trouve aussi. Ces animaux sont destinés à César.

*N*ous avons atteint une île du nom de Malte, au large de la côte africaine. Notre flotte est amarrée dans une baie, le temps que l'équipage se repose et nous réapprovisionne en viande et en fruits. L'eau vert émeraude est d'une clarté magnifique ; lorsque je me penche, j'en vois le fond blanc et sablonneux. Des bancs de poissons multicolores surgissent çà et là. À notre grande surprise, nous avons aussi découvert les vestiges d'un vaisseau couché sur le flanc, le mât brisé en deux. Le pont arrière est jonché de débris de vases et d'amphores qui ont dû jadis contenir du vin ou encore de l'huile d'olive en provenance de Rome. Je suppose que le navire et son équipage ont sombré au cours d'une tempête. Les esclaves enchaînés à leurs bancs n'ont sans doute pas survécu.

L'épave se trouve si près de la surface que l'on pourrait se promener sur son pont immergé. J'ai donc ordonné à plusieurs de mes hommes de plonger afin d'y jeter un coup d'œil, au cas où elle renfermerait un trésor ou des objets de valeur.

Postées à l'avant, Néva et moi avons regardé les trois marins qui se précipitaient dans l'eau. Ils ont nagé vers le fond, encore et encore, sans parvenir à l'atteindre. J'ai eu le temps de compter jusqu'à cinquante avant que deux des nageurs se décident brusquement à remonter à la surface. Tandis qu'ils reprenaient leur souffle, je continuais à observer le troisième qui se trouvait encore sous l'eau. Peu à peu il a cessé d'agiter les bras et les jambes. Malheureusement, lorsque j'ai crié pour qu'on lui vienne en aide, il était déjà trop tard. Le pauvre homme s'était encore enfoncé dans les profondeurs, hors d'atteinte.

Par décret royal, il est maintenant interdit à tout membre de l'équipage d'aller à la pêche au trésor. Neptune et Poséidon ne veulent peut-être pas céder leur part.

Ce matin, Père et sa garde ont gagné le rivage dans une petite barque, et le voilà maintenant qui dort sur la plage, en plein soleil. Les habitants de l'île, à la peau claire, aux cheveux et aux yeux sombres, sont accueillants et ne se préoccupent guère de nos pavillons royaux. Leur langue se rapproche du latin, mais il m'est difficile de les comprendre, alors nous nous contentons de sourires et de gestes. Certains d'entre eux pourraient bien être les descendants des marins naufragés.

Comme Puzo a attrapé un mauvais rhume, j'ai décidé de lui donner sa journée. J'ai donc passé l'après-midi seule avec Néva. Les vagues ne sont pas bien hautes, c'est à peine si elles nous lèchent les chevilles ; c'est parfait pour nager, seulement je n'ai pas envie que les gardes de Père nous surveillent. Ce sont des Dinka, des hommes grands et forts à la peau d'ébène : je suis bien contente qu'ils nous protègent mais j'aimerais pouvoir être seule de temps en temps. Ils ont fini par accepter de s'asseoir sur les rochers à quelque distance de nous.

J'ai pris la main de Néva et nous nous sommes enfoncées dans l'eau jusqu'à la taille, nos tuniques flottant autour de nous comme des voiles. J'aurais bien voulu m'éloigner un peu, comme le gros poisson ailé, mais j'avais peur que ma robe m'entraîne vers le fond.

– Princesse, a imploré Néva, attendons d'avoir regagné le bateau pour nager. Et cette fois, sans nos longues robes. Je vous en prie, ce sera plus sûr.

Elle m'a prise par le bras et m'a ramenée au rivage.

« Ô Isis, pardonne-moi. » Aujourd'hui, je n'ai pensé qu'à la tranquillité qui régnait en ces lieux. Pas un instant je n'ai craint pour ma vie ni ne me suis inquiétée d'éventuels espions. Je n'étais pas obligée de murmurer à l'intention de Néva, nous avons parlé à voix haute comme le commun des mortels. Je pourrais passer ma vie sur cette île paisible ; prendre soin de Père afin qu'il recouvre la santé ; persuader Olympus de s'y installer avec toute sa famille. Nous pourrions tous y vivre en paix, même si Alexandre le Grand revenait d'entre les morts.

Serait-ce si terrible d'être une princesse en exil ?

LE SOIR

Cet après-midi, la petite girafe est morte. On l'a portée sur le rivage pour l'y enterrer. Les habitants de l'île se sont attroupés, ils n'avaient jamais vu un animal avec un aussi long cou, et criblé de taches. Néva et moi, nous avons assisté à la scène du bateau, installées sur le pont où nous nous faisions sécher après un bain de mer.

– La girafe se languissait de sa mère, m'a-t-elle dit tout en peignant mes cheveux. Au moins, elle ne souffre plus d'être loin de chez elle. N'est-ce pas, princesse ?

– Tu as raison, Néva.

J'ai levé mon miroir afin d'y voir son visage, tout près du mien. Ses yeux étaient pleins de larmes. Et soudain j'ai eu honte. Sa mère lui manque et je ne m'en étais jamais aperçue.

Au cours du dîner, l'équipage m'a fait part d'une découverte. Sur l'île, parmi les temples, ils ont trouvé d'énormes sculptures de femmes vêtues de robes plissées ; ils n'avaient jamais rien vu de tel auparavant. Ils ignorent si ces sculptures représentent des déesses ou bien une reine et ses suivantes. Toujours est-il que les statues ont été surnommées les Grosses Dames en raison de leurs rondeurs et de leurs gigantesques jambes.

Ils m'ont aussi raconté qu'ils se sont arrêtés sur une plage située à l'ouest de Malte pour prendre leur premier repas et que, de là, on voyait la petite île de Goza, distante d'à peine un mille. Ils hésitaient pourtant à l'explorer car, d'après une vieille légende, la nymphe Calypso y vivrait, au fond d'une grotte. Celle-là même qui envoûta Ulysse et le tint prisonnier de ses charmes pendant sept ans (j'ai demandé à Néva de me lire cette histoire maintes fois).

Je ne sais pas pourquoi mes marins ont si peur. Ils croient peut-être que Calypso est une grosse dame haute de douze pieds.

2 AVRIL
SUR L'ÎLE DE MALTE

*I*l fait nuit, nous sommes toujours ancrés dans la baie. Je suis installée sur le pont, en train d'écrire à la lueur d'une lanterne suspendue au mât. La lumière danse au rythme du bateau qui tangue doucement, dessinant des ombres sur le papier. J'entends le murmure agréable des vagues qui viennent se briser sur le rivage avant de se retirer dans un chuintement.

Paisible. C'est le seul mot qui me vient à l'esprit pour décrire cette journée. Et sans les braillements des marins, mon bonheur serait parfait.

Plus tôt dans la soirée, j'ai rédigé à l'intention de notre flotte un décret visant à interdire l'ivrognerie mais, tandis que je scellais ma tablette avec de la cire, Père est arrivé du pont inférieur. Il était vêtu de son élégante tunique pourpre et tenait à la main sa flûte en roseau. Il joue toujours de cet instrument lorsqu'il est soûl et les gens se moquent de lui en l'appelant par son surnom, Aulètes, qui signifie « flûtiste ». Pour un roi, ce n'est pas très malin.

– Ma fille !

Il m'a souri et sans rien ajouter a enjambé le bastingage pour gagner en contrebas le petit canot attaché le long de la coque. Ses gardes l'ont mené au rivage où l'attendait une fête. Les fanions royaux flottaient au-dessus de la table du banquet, des torches ainsi que de nombreuses bougies parsemaient le sable.

J'ai abandonné mon projet de décret. À quoi bon donner un ordre si mon père, le roi, n'a aucune intention d'y obéir ?

LE LENDEMAIN MATIN

L'aube approche. Néva et moi avons passé toute la nuit sur le pont, emmitouflées dans des couvertures, car j'avais envie de contempler les étoiles. Le sentiment de liberté que me procurait le fait d'être dehors, à l'air libre, sans crainte, me réchauffait le cœur au point que je n'ai pu trouver le sommeil. Nous avons discuté tard dans la nuit. Je ne sais plus combien de fois nous avons retourné le sablier. C'est probablement ainsi que l'on fait entre sœurs, chez les gens ordinaires : nous avons partagé nos rêves et nos secrets telles des sœurs qui ne se disputeraient pas un trône (par respect pour Néva, je ne révélerai pas ses précieuses confidences).

Il y a quelques instants, j'ai entendu le clapotement des rames et nous avons regardé en direction du rivage. Dans l'aube grise, j'ai aperçu une petite barque qui se dirigeait vers nous, une lanterne fixée à la proue. Elle a longé la galère, et deux gardes ont porté mon père, le roi, jusqu'au pont. Ses cheveux et sa tunique étaient mouillés, comme si quelqu'un lui avait renversé le contenu d'une amphore sur la tête.

Je n'ai pas le courage d'aller l'aider ! Il ne me reconnaîtra pas ou alors ne réagira pas comme un père... et il empeste ! Les gardes me regardent, l'air perdu. Ah, quelle malchance !

PLUS TARD...

*M*aintenant que Père est au lit, je peux reprendre le fil de mon récit. En voyant que les gardes ne savaient pas quoi faire, j'ai eu envie de hausser les épaules ou bien d'agir comme n'importe quelle fille de douze ans. Mais je me suis très vite ravisée : si je deviens reine, je dois commencer à me comporter comme telle. Qu'aurait fait Néfertiti à ma place ?

Alors je me suis précipitée pour arranger les coussins de Père, Néva est allée chercher une cruche d'eau chaude, et ensemble nous avons lavé son visage et ses mains, ainsi que ses pieds couverts de boue. Il m'a murmuré des mots tendres tandis que je le bordais dans des draps de soie. Il va lui falloir des heures pour éliminer les vapeurs de l'alcool.

– Ne t'inquiète pas, lui ai-je soufflé. Je t'aiderai

à négocier avec les Romains, et eux-mêmes nous aideront à parlementer avec Tryphaéna. Ne te fais plus de souci et repose-toi.

DEUX JOURS PLUS TARD

*N*ous avons repris la mer et faisons route vers la majestueuse Sicile. Honnêtement, il y a deux jours à peine, mon esprit se trouvait à des lieues de ce voyage. J'étais juste heureuse de vivre librement sur cette île paisible et accueillante. Mais la raison m'est revenue.

Je dois être courageuse et penser à mon pays. Les paysans du Nil ont besoin d'un souverain qui se soucie de leur sort. Si Père n'est pas capable d'assumer son rôle, alors je me tiendrai à ses côtés et lui montrerai la marche à suivre.

Avant toute chose, le trône de mon père est menacé, ainsi que l'avenir de l'Égypte. S'il se montre excessif ou négligent, notre pays tombera sous la coupe de Rome. César s'emparera de nos richesses et fera défiler les miens dans l'arène. Les choses tournent généralement très mal pour les rois destitués.

PLUS TARD...

*N*ous venons de quitter Syracuse, la ville natale de Puzo en Sicile : fanions et voiles pourpres ont été hissés de nouveau. Au cours de notre escale, j'ai donné à Puzo sa journée afin qu'il aille rendre visite à sa grand-mère. Elle était si fière de le voir à bord d'une galère royale égyptienne qu'elle est restée sur la plage à sangloter, le visage caché dans ses mains ridées.

Je lui ai offert une petite boîte ouvragée contenant un collier en or serti de turquoises, ce après quoi elle a sangloté de plus belle.

– Princesse, c'est plus que je ne saurais recevoir.

Je lui ai pris la main et, refermant ses doigts sur le bijou, j'ai répondu :

– Madame, c'est moins que je ne saurais donner.

Et, sur un coup de tête, je lui ai proposé de venir vivre avec nous dans notre palais d'Alexandrie. La vieille femme a relevé la tête, de cet air digne propre à ceux qui travaillent dur sous la chaleur.

– Merci, princesse, mais je ne peux pas abandonner mon jardin et mes trois sœurs.

Grâce aux dieux, j'ai compris son latin et elle a compris le mien. J'ai songé par la suite à l'existence modeste de cette femme et je me suis sentie fière de l'avoir rencontrée. À présent je comprends pourquoi son petit-fils est mon garde favori. Il est le fruit de sa bonté.

D'après notre capitaine, nous devrions apercevoir la péninsule italienne d'ici à demain en fonction de la brise ; cette nouvelle me réjouit, je suis lasse de ce perpétuel roulis. Je dois maintenant me concentrer sur la tâche qui m'attend. Nous avons du pain sur la planche avec les Romains : ils ne doivent pas voir en moi qu'une enfant gâtée. Il me faut faire honneur à mon père et me tenir prête à prendre posément la parole si jamais il faiblit.

Ce matin, tandis que je prenais mon repas à ses côtés, mon cœur me disait : « Oui, Cléopâtre, tu dois tenir ton rang de princesse. » Nous étions en train de manger du melon sur le pont, à l'ombre d'une tente de soie bleue, car les journées sont de plus en plus chaudes. J'ai essayé d'orienter la conversation sur Jules César, mais il en revenait toujours à son sujet favori : lui-même ! Les souvenirs concernant ses vingt-trois ans de règne sont aussi frais dans sa mémoire que si tout cela s'était produit la veille.

À ma grande honte, Père a évoqué ses souvenirs les plus agréables, les fêtes et autres banquets ! Pour l'amener à parler de l'histoire — comme il avait remonté le Nil quelques années auparavant —, je lui ai demandé ce qu'il pensait des grandes pyramides d'Égypte et du sphinx et s'il aimerait visiter la Grande Muraille de Chine ou encore l'Acropole sur la terre de nos ancêtres. Sa réponse ? Il s'est mis à bâiller !

Mon père a aussi peu d'imagination que ma sœur

Bérénice. Ô dieux, pardonnez-leur. Comment pourrais-je le convaincre de se préoccuper de notre peuple ou du monde qui nous entoure ? Je ne crois pas une seconde qu'il soit stupide, mais il n'est pas homme à se pencher sur les problèmes importants. Pour un roi, c'est une disgrâce.

Bien qu'il m'ait souvent répété que je suis sa fille préférée, l'affection que je lui portais lorsque j'étais petite s'étiole. Cela m'attriste.

Je sais que je suis jeune et que j'ai beaucoup à apprendre. C'est pourquoi je m'intéresse aux monarques du passé, afin de suivre leur exemple. La reine de Saba désirait tant accéder à la connaissance qu'elle a suivi la caravane jusqu'à Jérusalem pour rencontrer le roi Salomon, le plus grand sage de l'humanité. La reine Esther de Perse sauva le peuple juif du massacre en bravant le roi Xerxès. Néfertiti était courageuse, elle aussi. Ces reines ont eu mon âge un jour et n'avaient pas, elles, de bibliothèque ou de Mouseion à leur disposition pour étudier. J'ai une chance incroyable.

COUCHER DU SOLEIL

*P*lus tôt dans l'après-midi, un marin installé tout en haut d'un mât a crié : « Terre ! » À présent le bateau lutte contre le vent, tirant des bordées entre les vagues le long d'un littoral rocailleux. Face à nous, un étroit bras de mer nous permettra de naviguer entre la Sicile et l'Italie pour rejoindre la mer Tyrrhénienne. Les flots sont particulièrement agités. Les hommes terrifiés en appellent à leurs divinités, Castor et Pollux, persuadés que Charybde, qui entraîne les navires dans son tourbillon jusqu'au fond de l'océan, est venue les chercher. Homère a aussi écrit à ce sujet dans son poème sur Ulysse.

Mais avant que j'aie le temps d'avoir peur, nous avions réussi ; à tribord, les côtes italiennes se découpaient sur l'horizon. Ô Isis, à la vue de cette terre, j'ai senti ma poitrine se serrer. Ma tranquillité d'âme s'est envolée ! Quelle folie d'avoir cru que j'étais prête à affronter les féroces Romains !

Je suis restée à la proue afin de respirer de nouveau la brise terrestre ainsi que le parfum des fleurs et des arbres. Le mouvement du bateau contre les vagues me rappelle les chevauchées avec Bucéphale, son galop rapide et régulier (comme il me manque !). Je me suis penchée pour regarder l'eau et mon cœur s'est gonflé de joie à la vue des dauphins qui bondissaient en cadence dans notre sillage, comme s'ils nous escortaient. Serait-ce notre récompense de la part de Neptune et de Poséidon pour avoir enduré ce périple ?

Je me hâte d'écrire ces mots car nous serons bientôt arrivés. Néva et Puzo se sont occupés de la toilette de Père et ont aidé ses serviteurs à lui choisir une tenue ; il leur reste à hisser les drapeaux et les fanions.

Des bateaux de pêche sont venus à notre rencontre. L'un d'eux s'est approché tout près, si bien qu'un homme m'a interpellée ; il devait savoir d'après nos voiles qu'une princesse égyptienne était à bord.

Puzo est intervenu pour me protéger et ne m'a pas laissé lui répondre. Ce qu'a dit le barbare était si grossier, si cruel que je n'ose pas le répéter. J'aurais voulu lui passer la corde au cou, mais Puzo me pressait de redescendre. Est-ce un mauvais présage pour la suite ? « Ô Isis, aide-moi ! »

Autant que je me souvienne, j'ai toujours voulu apprendre ; j'ignorais pourtant que Rome n'est pas un port maritime ; la cité se trouve à l'intérieur des terres, à quelque seize mille en amont du Tibre. Le phare, situé dans la ville fortifiée d'Ostia, nous a guidés sans encombre vers l'embouchure du fleuve. Après presque trois semaines en mer, mon cœur a bondi dans ma poitrine à cette vue rassurante et familière qui me rappelait ma terre natale. Ce phare-ci n'est pas aussi grand que celui d'Alexandrie, mais la flamme qui brille tout en haut semble me souhaiter la bienvenue. Lui aussi a été bâti sur un promontoire rocheux.

J'ai remarqué la présence de villas magnifiques le long de la côte : ce sont les résidences d'été des notables romains. Notre capitaine me les a montrées du doigt avant de contourner le phare pour gagner une baie qui fourmillait de navires marchands en provenance d'autres îles ou d'autres provinces de l'Italie. Les flots bouillonnaient sous l'action de tant de rames mais aussi parce qu'à cet endroit même, la mer et le fleuve se rencontrent. Sur les berges du Tibre s'alignaient d'innombrables entrepôts. Les bateaux ont déchargé leurs cargaisons qu'on a transférées sur des chariots car les eaux du fleuve ne sont pas assez profondes pour y naviguer.

Ainsi, notre flotte royale devrait rester au mouillage dans le port d'Ostia. Tandis que l'équipage amoncelait nos biens sur des chars et des mules, Néva et moi nous sommes reposées dans un champ de maïs fraîchement semé. À perte de vue s'étendaient des vignobles luxuriants ; leurs pieds de vigne soigneusement alignés se détachaient sur les nuages blancs du ciel. Nous nous sommes installés pour la nuit et, au petit matin, nous avons pris la route qui longe le Tibre. Elle était sablonneuse et accidentée, mais j'ai tout de même apprécié le voyage. Après tant de jours en mer, quel plaisir de se dégourdir les jambes !

Imaginez ma joie à la vue des arbres, de la forêt paisible qui s'étendait le long du chemin, et des prairies parsemées de fleurs. Les oasis égyptiennes sont tout aussi belles mais, autour, il n'y a que le désert. À intervalles réguliers, sur le bord de la route, des stèles de pierre gravées d'un chiffre marquaient les distances. Grâce à leurs indications, je pouvais vérifier que nous nous rapprochions bien de Rome.

Venons-en à des descriptions beaucoup moins agréables. Le fleuve est vraiment dégoûtant. À cette époque de l'année, son niveau est très bas — à peine deux pieds de profondeur — ; l'eau s'écoule telle une huile brunâtre, charriant toutes sortes d'immondices de la ville qui viennent flotter à la surface : haillons ensanglantés, pelures d'oignon, écorces de melon, débris de meubles. Une odeur pestilentielle imprègne l'air sur des lieues à la ronde. En arrivant à Rome en fin d'après-midi, j'ai compris pourquoi. Les maisons et les commerces bâtis sur les berges surplombent le Tibre. J'ai vu des femmes jeter je ne sais trop quoi par la fenêtre. Par ailleurs, un égout se déverse directement dans la rivière sous une énorme arche de pierre. Sur la berge, juste au-dessus de l'égout, s'élève le temple d'Hercule Victor — je m'imagine ses fidèles en train de se boucher le nez tandis qu'ils apportent leurs offrandes.

Oh, comme je regrette d'avoir dénigré la mer ! Au moins, elle était propre. Je vais peut-être sembler trop royale, mais le Nil me manque : je me languis de voir un véritable fleuve.

15 MAI, ROME

*P*ère dit qu'à Rome, il faut faire comme les Romains, nous avons donc tous revêtu des toges. Ce sont de grosses étoffes de lin qui provoquent des démangeaisons car elles contiennent aussi de la laine. Sans parler des sandales, quel inconfort ! Leurs épaisses lanières de cuir me rentrent dans la chair.

J'ai décidé de consigner autant d'impressions et d'événements que possible au sujet de Rome, de sorte que je n'oublie rien une fois rentrée en Égypte. En outre, Olympus et Théophile voudront savoir tous les détails, je les connais ! Autant commencer tout de suite.

La plupart des Romains ont installé des cadrans solaires dans la cour de leur maison. Ils se servent aussi d'horloges à eau qui leur indiquent l'heure à l'intérieur, quand les nuages masquent le soleil. Nous avons les mêmes à Alexandrie, mais je n'ai rien dit pour ne pas vexer les dignitaires romains qui paraissaient si fiers de nous montrer tout cela (de toute manière, je préfère mon sablier).

Nous logeons dans la villa de Tullus Atticus, un riche citoyen désireux d'aider Père à récupérer son trône. C'est un homme chauve et massif, plutôt sympathique, dont les traits bouffis trahissent une tendance à la gloutonnerie. Ses doigts sont teintés de rouge à force de manger du raisin pendant qu'on lui fait la lecture. Son lecteur possède la voix profonde et cultivée d'un acteur ; il est si agréable de l'entendre que, dès qu'ils s'installent dans la cour, je m'assois près d'eux pour l'écouter.

La villa d'Atticus se trouve près du fleuve fétide décrit précédemment. Les chambres donnent sur des patios agrémentés d'arbres fruitiers en fleurs, de fontaines et de bassins remplis de poissons. Un atrium ouvrant sur le ciel éclaire l'entrée de la demeure. En son centre, une vasque permet de récolter la pluie, procurant ainsi de l'eau fraîche aux nombreux chats et chiens qui s'ébattent dans la maison. La salle de bains de mes appartements privés ressemble à celle dont je dispose chez moi ; un feu souterrain l'alimente en eau chaude.

Les murs de la villa sont peints en bleu, vert ou jaune vif et ornés de fresques représentant des scènes de la campagne, des membres de la famille et d'autres sujets du même genre. Des piédestaux disséminés dans les couloirs exhibent les bustes de marbre de parents disparus. D'après les explications d'un serviteur, Atticus se console de la perte de sa sœur, de son père et de sa petite fille en les contemplant à loisir. Un sculpteur vient chaque année graver les visages de ses enfants et de ses amis proches. En comparaison, les momies égyptiennes sont de bien pâles et de bien laides imitations de la vie.

Les sols sont décorés de mosaïques ; l'une d'elles, à l'entrée de la maison, représente un chien de garde qui montre des dents acérées. On peut lire ces mots : « Prenez garde ». Atticus se rassure peut-être comme il peut, car son chien ne fait rien d'autre que remuer la queue ou encore somnoler à l'ombre pendant de longues heures.

Atticus possède également de nombreuses écuries. J'adore l'odeur des chevaux et du foin, à l'instar des innombrables mouches. Les serviteurs nous suivent partout où nous allons en agitant des plumes de paon pour tenir les insectes à distance. La nuit, des tentures de soie protègent notre sommeil. Une autre méthode des Romains pour capturer les insectes consiste à enduire de longues bandelettes de papier d'un mélange de résine et de miel. Ces dernières sont suspendues au plafond, de sorte que les mouches y restent collées. Ce n'est pas un spectacle très réjouissant, sans parler de l'odeur. Les insectes prisonniers dégagent la même puanteur que les rats morts.

Hier, Père et moi sommes allés visiter la ville sur des chaises à porteurs, car les chars sont interdits dans les rues pendant la journée. Chacun de nous disposait de quatre esclaves hébreux capturés par Pompée à Jérusalem. J'essayais bien de ne pas y prêter attention, mais je ne pouvais m'empêcher de les entendre parler entre eux. Ils évoquaient avec animation leur foi en un dieu qui viendrait un jour les libérer. Peut-être n'avaient-ils pas conscience qu'une princesse égyptienne pouvait comprendre leur langage. Mon ami juif Théophile est un bon professeur.

Comme Alexandrie, Rome est encerclée par une épaisse muraille de pierre, construire il y a plus de trois cents ans. La ville même comporte quantité d'appartements exigus empilés les uns sur les autres et regroupant plusieurs familles. Les commerces sont installés au rez-de-chaussée. Des bureaux du Sénat voisinent avec des logements et des temples de marbre. Quel capharnaüm !

Chaque mur est souillé d'inscriptions : des vers de

poésie en grec ou en latin, des candidatures aux élections. J'ai vu des noms de gladiateurs, et même des commentaires à demi effacés au sujet du grand Spartacus. La plupart de ces inscriptions, cependant, sont des vulgarités. Ah, que les hommes sont grossiers !

Comment une ville impériale peut-elle tolérer une telle déchéance ?

À mon avis, les Romains consacrent beaucoup trop d'efforts à conquérir le monde, alors qu'ils devraient commencer par balayer devant leur porte.

Nous n'avons pas rencontré Jules César. Je pensais qu'il viendrait nous accueillir à notre arrivée dans le port d'Ostia. Il se trouve actuellement dans le Nord, occupé à construire des béliers et des catapultes dans le but d'envahir d'autres régions de la Gaule, voire les îles Britanniques — les gens ici restent vagues à ce sujet.

En revanche, nous avons fait la connaissance de Pompée le Grand.

16 MAI

*L*e troisième soir après notre arrivée, Atticus a organisé un banquet en notre honneur. Néva m'a aidée à revêtir une toge d'un blanc immaculé et à glisser un sachet de myrrhe entre le tissu et ma peau. Elle a peint mes ongles de pieds en bleu, puis a passé autour de mes chevilles de délicates chaînes en or agrémentées de minuscules clochettes. Pour finir, j'ai posé une couronne de fleurs de henné sur mes cheveux libres et j'ai rehaussé mes paupières de fard bleu.

J'avais envie de ressembler à une vraie princesse et pas à une princesse de pacotille comme Bérénice. Néva m'a tendu mon miroir pour que j'y jette un dernier coup d'œil, puis nous sommes sorties. Nous avons suivi un passage éclairé par de minuscules lampes à huile nichées dans des interstices des pierres, puis franchi la cuisine où l'on avait allumé un grand feu sur lequel rôtissaient plusieurs sangliers embrochés ainsi que d'autres viandes, telles que des canards et du petit gibier.

La salle du banquet était spacieuse et ouvrait sur des jardins, me rappelant mon pays natal. Des lits avaient été disposés autour de tables basses, de telle sorte que trois personnes pouvaient s'y installer en cercle pour manger. Les tissus multicolores des coussins et des tentures sont les mêmes qu'à Alexandrie, sans doute parce que nous commerçons avec les mêmes pays.

Je me suis étendue sur les coussins et j'ai ramené mes pieds sous ma robe. Immédiatement, une jeune servante est accourue et a déposé devant moi un plateau fumant chargé de petits oiseaux rôtis accompagnés de pointes d'asperges et d'œufs de caille cuits dans leur coquille mouchetée. Des grappes de raisin rouge étaient empilées au centre de la table, tel le mont Vésuve, et autour on avait disposé des assiettes remplies de figues et de grosses olives vertes. Que de nourriture !

82

Tandis qu'on emportait les bols et les plats, j'ai remarqué que les taches de précédents repas maculaient la nappe, ainsi que des restes de vomi et de nourriture séchée. Ma royale personne pense que c'est une façon fort dégoûtante de recevoir à dîner, mais je n'ai fait aucun commentaire.

Pour finir, des esclaves ont apporté des cruches d'eau afin que l'on se lave les doigts entre deux bouchées, tandis que d'autres tenaient des vasques sous nos mains pour nous éviter d'éclabousser nos vêtements. J'étais soulagée car les petits oiseaux étaient particulièrement gras et pour rien au monde je n'aurais essuyé mes doigts sur la nappe souillée ou encore dans mes cheveux, à l'exemple des deux sénateurs étendus près de nous.

Père a sursauté quand des soldats coiffés de casques à plumes rouges sont entrés au son des trompettes. Après quelques notes assourdissantes, le général Pompée en personne a fait son apparition, paré d'une grande cape rouge drapée sur ses épaules (comme Alexandre le Grand !) et de gros bracelets de force. Il a touché le pommeau de son glaive et a parcouru la pièce du regard comme s'il était pressé de s'en aller.

Lorsque ses yeux froids ont rencontré les miens, je n'ai pas pu m'empêcher de frémir. Pourtant j'étais consciente que je devais au moins faire semblant d'être brave. J'ai relevé la tête, sentant les perles de mes boucles d'oreilles me frôler le cou alors que je me tournais pour lui faire face. Par mon sang royal, je n'ai pas à m'incliner devant un barbare ou à lui faire la révérence, mais Néva, elle, n'avait pas le choix. Puzo, lui, se tenait derrière moi, j'entendais sa respiration et le tintement de ses bracelets contre son épée : il était prêt à me défendre.

– Eh bien ! s'est exclamé Pompée en frappant dans ses mains.

Aussitôt des danseuses sont apparues, vêtues de tuniques de soie aériennes. Elles se sont mises à onduler au son des tambourins et des percussions africaines en agitant du bout des doigts de minuscules cymbales en cuivre. Une famille de Pygmées effectuait des sauts périlleux entre les tables, le corps enserré dans des harnais aux couleurs chatoyantes cousus de clochettes. Tout cela m'a semblé trop bruyant et trop barbare.

PLUS TARD...

*T*andis que le repas se poursuivait, Pompée s'est dirigé vers notre table, un large sourire aux lèvres. Père s'est levé pour l'accueillir et le général a frappé dans ses mains, puis s'est mis à parler à toute allure en latin. Père n'y a rien compris, mais j'ai entendu chacun de ses mots.

– Roi Aulètes, s'est exclamé Pompée, nous nous rencontrons enfin, face de singe. Tu n'es qu'un vieil ivrogne mal dégrossi avec un gros nez rougeaud. Mais peut-être nos trompettes t'ont-elles tiré de ta sieste, espèce de gros paresseux ?

Puis, délaissant mon père, il s'est tourné vers moi en souriant.

– Et toi, ma petite...

Ô Isis, je n'ose répéter ce qu'il m'a dit, mais ses mots étaient aussi crus et blessants que ceux du pêcheur qui est venu à notre rencontre dans le port. Ils sont restés gravés dans mon cœur comme ces inscriptions sur le mur.

Je me suis levée avec lenteur et j'ai embrassé la salle du regard. Les soldats s'amusaient du joli tour que venait de nous jouer leur chef. Il fallait que je sois forte et courageuse, comme la reine Esther et comme la reine de Saba, qui ont affronté en leur temps les hommes les plus puissants de la terre.

– Général, ai-je déclaré en latin, je suis Cléopâtre, princesse du Nil, troisième fille du pharaon d'Égypte, l'homme que vous venez cruellement d'insulter.

Tout d'abord, j'étais si nerveuse que ma voix tremblait. Les mots latins me venaient avec difficulté mais, peu à peu, j'ai commencé à m'exprimer avec plus d'assurance et, sembla-t-il, d'éloquence, car Pompée paraissait décontenancé. Les soldats ne souriaient plus. Je me suis un peu détendue.

Béni soit mon père ! Son visage pâle s'est illuminé, soudain admiratif. Il n'avait pas compris mes paroles, mais il percevait le ton de ma voix.

– Général Pompée, ai-je poursuivi, nous sommes venus vous demander humblement de l'aide, mais nous ne sommes pas stupides. Si cette soirée n'est que prétexte à vous divertir, vous et vos babouins, et à railler la famille royale d'Égypte, avec laquelle vous avez commercé des années durant, vous n'avez qu'à le dire. Nous rentrerons immédiatement à Alexandrie et ne vous gênerons plus.

Oh, j'aurais pu poursuivre encore et encore, mais je me suis tue en me remémorant cette phrase que me répétait souvent Olympus lorsque je ne m'arrêtais plus : « Trop de paroles tuent le sens, et cela ne profite à personne. »

Mon cœur battait si fort dans ma poitrine que j'aurais voulu quitter la salle du banquet en courant, mais cela aurait été l'attitude d'une enfant de douze ans et non celle d'une princesse. Comme je réfléchissais à ce qu'il convenait de faire ensuite, Pompée m'a regardée droit dans les yeux.

– En effet, Votre Altesse, a-t-il murmuré, d'une voix si basse que moi seule pouvais l'entendre, vous n'êtes pas stupide. Venez, allons souper.

Je remercie le ciel de m'avoir épargné une autre humiliation.

En ce qui concerne Père... c'est une autre histoire.

*N*aturellement, le banquet l'a rendu joyeux. Bien que les Romains coupent leur vin avec de l'eau, il était ivre. Il a sorti sa flûte, qu'il avait attachée à la ceinture de sa tunique, et s'est mis à jouer, à chanter, à danser et à exhiber ses bonnes manières en rotant aussi bruyamment et aussi souvent que Pompée. Lorsque les esclaves ont commencé à éteindre les torches pour signifier que la soirée touchait à sa fin, je me suis réjouie que les invités n'aient plus l'occasion de se moquer de lui.

En moi-même je savais qu'ils en mouraient d'envie, mais ils gardaient leurs plaisanteries pour eux, conscients que la princesse du Nil comprenait leur langage. Du fond du cœur, j'étais reconnaissante à Olympus de m'avoir enseigné le latin et à Néva de m'avoir aidée à le pratiquer au cours de notre long voyage en mer.

De retour dans ma chambre, je me suis déshabillée et baignée tandis que Néva me lisait l'un des discours de Cicéron, un célèbre avocat de Rome à présent exilé. Une fois que les derniers grains de sable de mon sablier ont été écoulés, je me suis mise au lit.

Je suis restée éveillée pendant des heures ; du moins, c'est ce qu'il m'a semblé. Néva était allongée près de moi sur une natte à même le sol tandis que Puzo dormait dans le vestibule. J'entendais le murmure de la fontaine au-dehors et la douce complainte d'un oiseau nocturne. La couverture de laine me démangeait à travers ma mince tunique de coton mais, au moins, j'avais chaud. Je l'ai tirée sur mes épaules nues. La lueur vacillante d'une petite lampe dans laquelle brûlait de l'huile d'olive me parvenait d'un coin de la pièce : l'odeur qu'elle dégageait était très différente des parfums suaves de mon pays natal.

Mon cœur me criait : « Oh, comme j'aimerais rentrer chez moi ! Comme j'aimerais me cacher au palais sur mon île ! » Des larmes brûlantes mouillaient mon oreiller. Faire face à ce barbare de Pompée avait dû sembler naturel à tous les témoins de la scène, mais cette épreuve m'avait brisée. C'est l'un des hommes les plus puissants et les plus dangereux du monde. Il y a trois ans, il a pris la tête du gouvernement de Rome avec Jules César et un riche politicien du nom de Crassus. Ils se font appeler Triumvirat.

Pauvre Père ! Ce soir, j'ai compris qu'il n'est respecté de personne. C'est la raison pour laquelle je veux rentrer. Ma vie est en danger ici, avec tous ces Romains qui se moquent du roi Ptolémée. Il leur serait facile — et peut-être très agréable — de nous jeter en pâture aux lions. Alors ils pourraient envahir Alexandrie, se débarrasser de mes frères et sœurs et ajouter l'Égypte à leur empire.

J'en veux à Père de ne pas être capable de me protéger. Il est plus bête que tout ce que j'ai pu imaginer.

Olympus prétend que la connaissance mène à la sagesse, mais il ne m'a jamais dit que la sagesse est source de souffrance.

*I*l y a quelques jours, un vaisseau est entré dans Puteoli, un port au sud d'Ostia, après avoir effectué le voyage d'Alexandrie en un temps record de douze jours. Lorsque j'ai appris qu'un messager à cheval avait immédiatement pris le chemin de Rome (qui se trouve à plus de cent cinquante kilomètres !), j'ai su qu'il y avait des nouvelles pour nous. Je suis sortie de la villa et j'ai couru jusqu'à la route. Le messager m'a tendu un paquet encore humide de son séjour en mer, mais dont l'intérieur était intact. Des lettres ! Six pour Père et deux pour moi !

J'ai déchiré le sceau qui retenait l'une des miennes et je me suis mise à lire avec avidité.

D'Olympus, ami et dévoué compagnon, étudiant en médecine, Alexandrie, à la princesse Cléopâtre, dont l'absence pèse cruellement, Rome :

Bonnes nouvelles. Reviens.

Son message était plus court que ses salutations ! Et que de mystère ! Qu'est-ce que cela signifiait ? J'ai glissé l'autre lettre dans les plis de ma toge afin de la lire plus tard car, au même moment, je venais d'entendre des cris en provenance de la chambre de mon père.

*L*es réjouissances durent depuis trois jours.
Tryphaéna est morte.

Les lettres destinées à Père racontent en détail comment, après notre départ d'Alexandrie, ses amis se sont introduits dans le palais tandis que Tryphaéna dormait et ont tué ses gardes (au fond de moi, j'ai pensé : « Quels amis ? »). Réveillée par le vacarme, Tryphaéna s'est redressée dans son lit en appelant à l'aide. Puis elle a enfilé ses pantoufles (un geste superflu, à mon avis). Ensuite des hommes lui ont lié les mains et l'ont conduite par les rues sombres jusqu'au gymnase où certains de nos lutteurs les attendaient. L'un d'eux s'est glissé derrière elle, l'a prise par le cou, l'a soulevée de ses grosses mains et l'a étranglée. Père a reçu à titre de preuve une de ses pantoufles qui était tombée de son pied.

« Longue vie au roi Ptolémée ! » concluait chacun des messages.

Bérénice n'était pas mentionnée une seule fois dans les lettres. Était-elle toujours en vie ? Prisonnière ?

Mon cœur a battu à tout rompre à l'annonce du décès de Tryphaéna. Au cours de l'une de mes nombreuses discussions avec Théophile, il m'a expliqué que le Tout-Puissant avait créé les hommes et les femmes à son image.

– Si tu dis vrai, avais-je rétorqué, alors Tryphaéna a de bons côtés, seulement il faut y regarder à deux fois.

– Peut-être, Cléopâtre, avait-il repris, mais l'Éthiopien ne peut changer sa couleur de peau et le léopard ne peut effacer ses taches. Le bien n'est pas davantage à la portée de ceux qui sont habitués à commettre le mal.

Lui, Olympus et moi avons passé des heures à réfléchir ensemble sur ce sujet et tous deux ont fini par admettre que je ne pourrais jamais faire confiance à Tryphaéna. Maintenant qu'elle est morte, je n'ai plus besoin de m'en préoccuper.

Et pourtant... son meurtre implique qu'il serait encore plus facile aux Romains de conquérir l'Égypte. Il leur suffirait de nous faire assassiner, Père et moi. À cette pensée, je n'ai qu'une envie, quitter Rome... immédiatement ! Pendant qu'il en est encore temps.

J'ai demandé à Père si la mort de Tryphaéna signifiait que nous allions pouvoir rentrer à Alexandrie.

– Oh, oui, ma fille, bientôt.

Il avait l'esprit clair et paraissait sur le qui-vive. J'aime quand ce sont les bonnes nouvelles et non le bon vin qui lui donnent de l'entrain. Mais je ne crois pas qu'il ait conscience des dangers que nous courons.

J'étais pourtant sereine lorsque nous nous sommes entretenus avec Atticus. Dans sa toge de citoyen romain d'où émergeaient ses bras blancs et potelés, il avait l'air impérial d'un homme prospère. Nous nous sommes enfermés dans une pièce de sa villa avec un scribe qui notait tout ce que nous disions. Au fond de moi, je suis convaincue que les Romains ne se soucient guère de nous ou du nom de celui qui régnera. À leurs yeux, l'Égypte n'est qu'une autre province en passe d'être absorbée par leur empire. Je l'ai compris à la manière dont Atticus a haussé les épaules en entendant notre compte rendu, ses grosses lèvres flasques incapables de réprimer une moue ennuyée. Pompée a pris l'air très désinvolte, lui aussi. Il a donné une grande claque sur l'épaule de Père et s'est mis à rire. Quelques mots de latin ont fusé — je ne les répéterai pas ici — puis il m'a regardée du coin de l'œil et a pris un ton plus cérémonieux.

– Mes amis, a-t-il déclaré, ce soir nous souperons au clair de lune.

Je me suis retirée dans ma chambre afin de reprendre des forces après une journée riche en événements. Ce soir aura lieu un autre banquet de réjouissances. J'ai bien peur que Pompée et Atticus ne projettent de nous assassiner, Père et moi.

PLUS TARD...

*J*e suis assise à la table près de mon lit. Je dois trouver un moyen d'annoncer à Père ce que je viens d'apprendre.

Néva était en train de verser de l'eau chaude dans une vasque à mon intention. J'ai retiré ma toge, l'ai posée sur un banc, et c'est alors qu'une lettre est tombée par terre, la lettre que j'avais oubliée. En la ramassant, j'ai vu le sceau du Mouseion : Théophile !

Je l'ai ouverte avec une fébrilité joyeuse, comme quelqu'un qui s'apprête à savourer une confiserie. Théophile a toujours été gentil avec moi et désireux de partager son savoir, notamment ce qu'il a appris dans les manuscrits de sa Torah. Mon regard s'est posé sur un passage de la lettre écrite en hébreu : « Bérénice s'est elle-même sacrée reine. » J'ai repris la lettre depuis le début et il m'a fallu la lire plusieurs fois avant de comprendre.

Selon toute apparence, parmi tous les messages que nous avons reçus aujourd'hui, celui de Théophile a été rédigé en dernier et c'est aussi le dernier que l'on ait apporté sur le bateau en partance pour Rome. En voici le contenu : quelques heures après l'assassinat de Tryphaéna, les quelques amis de Père qui avaient assisté à la scène ont malheureusement cru que le tour était joué. Ils ont trinqué à leur réussite avant de sombrer dans une agréable torpeur. Aussitôt les gardes de Bérénice les ont attaqués et passés au fil de l'épée.

En ce moment même, Bérénice est assise sur le trône de Père ! J'ai essayé de me la représenter. A-t-elle pris l'air fier et supérieur qui sied à sa nouvelle fonction ? Je suis certaine qu'elle profite de la garde-robe et des bijoux de notre défunte sœur. Je me demande en revanche si elle s'est procuré un autre singe. S'est-elle mariée, comme l'exige la coutume chez les reines égyptiennes ?

Pauvre Bérénice ! Je tremble pour elle. Elle est trop timide et trop effacée pour affronter Père à son retour. A-t-elle oublié que les Romains venaient, eux aussi ?

*P*ère a accueilli la nouvelle avec calme. Après une seconde entrevue avec Pompée, nous avons conservé notre plan d'origine. Une fois les soldats rassemblés, nous lèverons l'ancre, escortés des vaisseaux de guerre romains.

Je m'interroge sur la fiabilité de cette stratégie. J'ai une autre inquiétude : bien que Père m'adore, il est imprévisible. Que se passera-t-il s'il s'enivre encore et qu'il se persuade que moi, sa troisième fille, je projette de m'emparer du trône ? Son entourage me tuerait.

Parfois ces préoccupations me pèsent terriblement.

Hier soir, lors de l'entrevue, je me suis assise aux côtés de Père. Nous avons entendu des pas dans le vestibule. Je savais qu'il s'agissait d'un soldat, à cause du claquement sur le sol de marbre de ses sandales qui, chez les militaires, ont des fers sous les semelles. Il est entré dans la pièce, le sourire aux lèvres, son casque sous le bras. Il portait une tunique retenue par une ceinture de cuivre d'officier et une sorte de jupe constituée de bandelettes de cuir ornées de breloques. Ces ornements qui lui tombaient au genou cliquetaient à chacun de ses pas.

Il a salué Pompée en se frappant la poitrine du poing droit puis en levant le bras vers lui. Son physique robuste de soldat et ses manières enjouées m'ont fait grande impression. Nous sommes passés aux présentations. Je me suis levée de mon siège et lui ai dit mon nom, mais pas question que je m'incline devant lui.

– Marc Antoine, a-t-il répondu en souriant. Enchanté, Votre Altesse.

Il a ajouté quelque chose en grec, mais son accent était si prononcé que je ne l'ai pas compris.

Un dignitaire posté derrière moi m'a chuchoté qu'Antoine, bien que romain, a vu le jour dans ma ville, Alexandrie. Âgé de vingt-six ans environ, il est le commandant en chef de cavalerie qui mènera les soldats en Égypte afin de restituer le trône à Père. Il semblait si joyeux que je ne parvenais pas à l'imaginer brandir une épée face à l'ennemi. Serait-ce donc lui, mon protecteur ?

Je l'ai regardé droit dans les yeux et j'ai dit en latin :

– Quelle est la cause de cette gaieté, Marc Antoine, le vin ou vos projets ?

Il est parti dans un éclat de rire.

– Voilà qui est envoyé, a-t-il rétorqué, mais vous êtes bien jeune pour parler ainsi.

Mon sang n'a fait qu'un tour. Je lui ai jeté un regard glacial avant de me rappeler que je devais rester en bons termes avec lui. S'il réussit à renverser Bérénice et à rétablir Père sur le trône, alors je serai de nouveau en sécurité à Alexandrie. Du moins si les Romains acceptent de partir. Et du moment que Père considère que je suis sa fille préférée et non une rivale.

J'ai gardé pour moi mes reparties cinglantes et suis restée silencieuse. Père a rompu la glace en se mettant à parler du temps sur un ton enjoué. Tandis que les hommes se lançaient dans une conversation superficielle, j'ai gardé un œil sur Antoine, ses traits virils et sa barbe bien fournie, et je dois reconnaître que son rire contagieux a rendu le sourire aux personnes présentes, y compris à moi-même.

Au bout d'un long moment, je me suis radoucie.

PLUS TARD…

*U*ne jeune femme est arrivée en chaise à porteurs. Une très belle femme, un peu plus âgée que moi. Ses cheveux étaient relevés à la manière des dames de la haute société et elle portait une toge blanche retenue par une fine ceinture rouge. Son regard bienveillant et son sourire m'ont réchauffé le cœur.

Un dignitaire romain nous a présentées. Elle s'appelle Julia et elle est la femme de Pompée. J'avais peine à croire qu'une jeune fille aussi douce en apparence puisse être mariée à cette brute vulgaire, mais quelle ne fut pas ma surprise d'apprendre que son père n'est autre que Jules César !

Tandis que nous faisions connaissance, des esclaves nous ont apporté des gobelets de nectar de pomme en guise de rafraîchissement. Ils nous ont également servi de fines tranches de pain tartinées de fromage et de morceaux d'olives noires. Un lecteur posté près d'une fontaine nous a récité le dernier poème de Catulle, qui habite une maison voisine.

Je vais m'arrêter là car il se fait tard et mes paupières sont lourdes. Julia est venue me voir dans le but de m'inviter au théâtre demain après-midi ! C'est l'occasion rêvée de mieux connaître Rome et, peut-être, de me faire une nouvelle amie.

13 JUIN
TOUJOURS À ROME

*L*a pluie ne cesse de tomber. J'ai été malade, enrhumée. C'est la raison pour laquelle ces derniers jours, je n'ai pas touché à ce journal. Au moment où j'écris ces lignes, il se fait tard et tout est tranquille dans la maison d'Atticus. Voilà maintenant une heure que son lecteur s'en est allé. J'ai à présent pour compagnon un chat blanc qui s'est assis dans l'embrasure de la porte donnant sur le jardin. Il observe un rossignol qui se désaltère à la fontaine (attention, petit oiseau !).

Voici le récit de ma journée en compagnie de Julia.

Les rues de Rome sont aussi bondées et crasseuses que celles d'Alexandrie. Les esclaves ont porté nos chaises sans ménagement, nous brinquebalant si bien que je devais m'accrocher de chaque côté de peur de dégringoler.

J'aurais fait une drôle de chute car les pavés sont encombrés d'ordures de toutes sortes : détritus ménagers, crottin de cheval et crottes de chiens des plus putrides, eaux usées des latrines jetées par les fenêtres. Sauter d'un pavé à l'autre, c'est le seul moyen de traverser la rue sans avoir les pieds recouverts d'immondices.

Et quel air irrespirable ! Pour m'éviter les éclaboussures de la rue et le regard curieux des hommes, les ouvertures de ma chaise à porteurs étaient masquées par de légers rideaux en soie bleue. La chaleur à l'intérieur était étouffante. Oh, être de retour à la maison et sentir la brise marine effleurer mon visage !

Puzo m'a accompagnée, le temps de cette traversée dans les rues, courant à mes côtés. À mon grand amusement, un cochon couvert de boue nous a suivis jusqu'à ce que de jeunes garçons le chassent. Lorsque nous sommes arrivés au théâtre, les jambes de Puzo étaient si maculées d'excréments qu'il a dû les laver dans une fontaine publique avant de m'escorter à l'intérieur. Ce théâtre ressemble à ceux d'Alexandrie, avec sa scène à ciel ouvert et ses gradins.

Nous avons été conduits jusqu'aux meilleures places, celles de devant, réservées à la noblesse, c'est-à-dire aux sénateurs et aux personnalités royales en visite comme moi. Les douze gradins derrière les nôtres sont destinés aux chevaliers et aux riches hommes d'affaires, comme les appelle Julia. Quelles belles toges et aussi que de doubles mentons !

Un serviteur a déposé à notre intention des coussins sur le gradin de pierre. Je me suis retournée pour regarder la foule immense remplir l'auditorium. La montée pour parvenir aux gradins paraissait très raide. Heureusement, nous étions installés en bas.

Bientôt le spectacle a commencé. La pièce s'intitulait *Les Nuages*, une comédie grecque, écrite par Aristophane il y a quelques siècles. À en juger par les rires et les sifflets, la voix des acteurs était aussi audible pour les spectateurs des derniers rangs que pour ceux des premiers. J'ai été comblée de joie ! La satire moquait notre cher Socrate. Et c'était tellement mordant qu'il aurait transpercé l'auteur de son épée, je pense, s'il avait été encore en vie !

Oh, comme il était agréable d'être dehors ! J'ai remarqué des gens qui m'observaient à la dérobée, étonnés de ma présence à la place d'honneur. Peut-être étaient-ils intrigués de voir une princesse égyptienne vêtue comme une princesse romaine. Qu'importe. Puzo a déployé beaucoup d'efforts pour assurer ma sécurité.

La pièce s'est achevée au coucher de soleil. Sur le chemin du retour, Julia a donné des instructions à nos serviteurs, qui nous ont conduites à un passage donnant sur une charmante petite cour éclairée par une lanterne suspendue à la branche d'un olivier. Les murs d'enceinte n'étaient pas très hauts, si bien que je pouvais entendre, depuis les appartements au-dessus de nous, les bruits habituels d'une famille à la fin de la journée : conversations autour d'un dîner, enfants que l'on couche, etc.

C'est alors que j'ai réalisé que nous nous trouvions dans un endroit public où chacun pouvait venir se restaurer. Tout autour d'un feu de bois, une table qui m'arrivait à la taille se dressait devant nous. Julia a sorti deux pièces de sa bourse nouée à la ceinture et les a déposées sur le comptoir. Elle m'a expliqué que, le matin, les enfants s'arrêtent ici pour prendre un léger repas avant d'aller rejoindre leur précepteur. Le cuisinier a rempli une assiette de viande hachée. Devant lui étaient alignés divers bocaux de sel et d'épices. Il a pris une pincée de chaque, a ajouté quelques pignons à la viande, a malaxé le tout puis a confectionné deux boules rondes et plates, larges chacune comme la main.

D'une jarre, il a versé de l'huile d'olive dans une poêle chauffée sur les charbons. L'huile a grésillé quand il a ajouté la viande. L'arôme délicieux qui s'en dégageait m'a mis l'eau à la bouche. Enfin, le cuisinier a saisi la viande, l'a fourrée entre deux tranches de pain et nous a tendu notre repas.

Nous avons mangé debout. J'avais tellement faim que j'en aurais bien repris mais je ne voulais pas être redevable à Julia, car je n'avais pas songé à prendre d'argent.

Alors que nous grimpions dans notre chaise à porteurs, quelque chose est tombé à mes pieds, m'éclaboussant tout entière. J'ai levé les yeux et vu une fenêtre ouverte d'où un pot de chambre venait d'être vidé.

Des vrais barbares.

Julia et ses gardes m'ont raccompagnée à la porte de la villa d'Atticus. Je l'ai remerciée pour cette délicieuse journée et lui ai demandé le nom du plat que nous avions mangé, un vrai régal.

– Notre plat local, a-t-elle répondu, du loir frit.

PLUS TARD...

*A*ujourd'hui, j'ai appris des nouvelles qui m'ont chagrinée.

Il semblerait qu'il n'y ait pas assez de soldats pour nous escorter en Égypte. La plus grande partie de l'armée se trouve loin, dans le Nord, aux côtés de César. Il nous faut donc attendre ! Nous avons besoin de nos légions pour combattre les paysans et ceux qui ont placé Bérénice sur le trône de Père. Mais il faudra attendre des semaines pour réunir un nombre d'hommes suffisant.

Au fond de mon cœur, je suis inquiète. Nous sommes déjà en juin. Le solstice d'été approche. À partir d'aujourd'hui, les journées raccourcissent et deviennent plus fraîches. Les vents poussent favorablement les bateaux en route vers le sud, aussi pourrions-nous regagner la maison en dix jours, avant l'automne, avant que Poséidon et Neptune ne nous envoient des vents contraires. Il nous faut partir début septembre au plus tard. Après cette date, les mers sont beaucoup trop dangereuses.

Cette situation me rend vraiment malheureuse. Tellement de choses me manquent ! Je regrette l'absence d'Olympus et de Théophile, nos longues discussions et nos journées d'études. Qu'est-il arrivé à Flèche et à Bucéphale, mes chères bêtes ? Mais, dans la chaleur étouffante de l'été, ce qui me manque le plus ici, c'est la brise de mer.

Je suis la princesse du Nil, mais ce soir je ne me sens guère royale. Je voudrais trépigner ! J'ai peur de devenir folle, oui, folle, si je dois rester ici tout l'hiver. Pauvre de moi !

APRÈS DÎNER

La puanteur de l'été a envahi Rome. Les riches Romains ont quitté la ville pour gagner leurs fraîches villas d'été en bord de mer. Comme je voudrais être à leur place ! Certes, de mauvaises odeurs traînent aussi à Alexandrie mais il y a toujours le vent de la mer pour les balayer.

Je n'ai rien écrit au sujet de mes inquiétudes des derniers jours. Si les Romains complotent pour nous tuer, mon père et moi, dans le but de conquérir l'Égypte, comment pourrais-je les en empêcher ? De toute façon, ils agiront comme bon leur semblera. Quant à mes craintes que mon père me trahisse... Je dois me montrer bonne envers lui, afin qu'il ne pense pas que je suis comme mes sœurs aînées. Certes, je veux être reine, mais pas à n'importe quel prix. Du fond du cœur, j'aimerais sauver Père de son ivrognerie. Mais une fille est-elle en mesure d'accomplir un tel exploit ?

En attendant, Père a rendu visite aux soldats dans leurs baraquements, il a suivi l'entraînement des nouvelles recrues. Il a rencontré des sénateurs et des citoyens influents susceptibles de lui donner de l'argent pour l'aider à regagner son trône. Père veut rallier le plus grand nombre possible de Romains à notre cause.

Il semble qu'il ait compris qu'il lui fallait se conduire dignement. Il sait très bien que de roi, il n'a que le titre : c'est Bérénice qui occupe le trône. Je n'ai que douze ans et elle vingt et, si je la connais aussi bien que je le prétends, je parierais qu'elle ne s'occupe que de mode et de beauté.

Je doute qu'elle améliore la condition de ses sujets ou de quiconque, à part elle-même. Et, bien qu'elle soit ma sœur préférée, je ne la respecte pas vraiment. Tout en m'attristant, cela renforce sans doute mon désir d'être reine.

Pour changer de sujet, on annonce du mauvais temps. Des vignes et des jardins botaniques ont souffert de la grêle près d'Ostia.

*A*pparemment, Tullus Atticus a été informé de mon humeur chagrine. Pour me remonter le moral, il a fait porter dans ma chambre un plateau d'argent sur lequel reposait une lettre. Son cachet de cire ornait le haut de la page, qui contenait le message suivant : *Venez à Herculanum, chère princesse. Une suite royale surplombant la mer vous y attend.*

Mon cœur a bondi de joie. Atticus m'invitait dans sa villa d'été sur la baie de Naples. Quel gentil bonhomme chauve ! Julia m'a dit que cet endroit donne sur une petite crique, à proximité de sa propre villa. Oh, quel bonheur ! Néva s'active à faire les bagages pour que nous puissions partir demain !

Ce soir, quand j'ai vu Atticus marcher dans le jardin, j'ai couru vers lui, pleine de reconnaissance. Je regrette désormais les vilaines pensées que je nourrissais à son égard.

– Chère enfant, a-t-il dit, oubliez vos larmes. Quand vous arriverez à Herculanum, dispensez-vous de toute dépense. Ma bourse est bien remplie.

23 JUIN

*S*ur le bord de mer, dans la ville d'Herculanum. Ces derniers jours je me sens un peu assoupie mais heureuse. Combien la mer m'apaise ! Durant toute une semaine, j'ai joué parmi les vagues et me suis reposée au soleil. Julia dit que ma peau sera bientôt noire comme celle des roturiers. « Et alors » ? lui ai-je répondu (c'est tellement ennuyeux de toujours se conduire comme une reine !). Néva me fait la lecture plus souvent que d'habitude, et termine toujours en lisant les lettres que je reçois d'Olympus et de Théophile. À la longue, leurs paroles se sont inscrites dans mon cœur.

Ai-je mentionné que la voie Appienne va de Rome à la mer Adriatique ? Elle a été construite avec de larges blocs de lave noire. Et, comme elle est large de cinq cents mètres, trois chars pourraient facilement y disputer une course. Si je consigne ces détails, c'est parce que, de notre caravane, nous avons assisté à une scène terrible. Des soldats sans scrupule ont tué un pauvre homme qui traînait son âne et une charrette pleine de légumes.

C'est dans une arène, à l'occasion d'une course de chars, qu'on désigne le conducteur le plus rapide, pas sur une avenue publique. Si ces hommes avaient été mes soldats, je les aurais obligés à verser un an de leur salaire à la famille de cet homme.

Pendant notre voyage, je me suis également affligée de voir les croix qui jalonnaient notre route comme de grands arbres morts. J'en connais l'histoire. Quand nous étions petites, ma sœur et moi, nous entendions parler de Spartacus qui, pendant deux ans, avait mené la révolte des esclaves contre Rome. Quand finalement le général Crassus et son armée capturèrent Spartacus,

Crassus donna l'ordre de crucifier les esclaves qui avaient survécu à la bataille : six cents exactement.

« Ô Isis ! » Il a fallu que je me trouve sur cette route la semaine dernière pour comprendre ! Sur plus de cent kilomètres, la voie Appienne était longée des deux côtés par des cadavres d'hommes crucifiés. C'était une véritable vallée de la mort que les voyageurs mettraient des jours entiers à traverser, hantés par ces sinistres fantômes. On avait laissé ces corps pourrir au soleil, comme un avertissement : celui qui se révolte contre Rome sera cruellement puni.

Bien que ces événements aient eu lieu voilà quatorze ans, des restes de squelettes subsistaient encore sur les croix, ici une main, là un pied. Je l'ai vu de mes propres yeux.

Un jour, Olympus m'avait expliqué en termes médicaux pourquoi, de tous les châtiments les plus cruels, la crucifixion est le pire. Contraint tout d'abord à porter sa croix jusqu'au lieu de son exécution, le criminel est entièrement déshabillé puis maintenu aux planches par des cordes et des clous. Pendu par les bras, il endure une agonie qui peut durer plusieurs jours. La pression exercée sur ses poumons le fait suffoquer et il meurt d'une crise cardiaque.

Je me rappelle avoir changé de sujet. Je savais que les Romains étaient le peuple le plus barbare qui existait sur terre. Et quand bien même ? Une mer nous séparait.

Comment avais-je pu me montrer aussi insensible ? Je me demande du fond du cœur si j'ordonnerai une telle torture quand je serai reine. Je ne le pense pas. J'espère bien que non. En Égypte du moins, nos prisonniers bénéficient d'une mort rapide.

Mais, revenons à notre voyage... Nous avons pris une route pour Capua, en direction du sud, puis bifurqué dans un chemin étroit et accidenté qui contournait les vignobles au pied du Vésuve. C'est à cet endroit que Spartacus et d'autres fugitifs avaient trouvé refuge.

Lorsque nous sommes entrés dans Herculanum, je me suis dissimulée derrière les tentures de notre voiture. C'était un vrai défilé royal avec ses serviteurs qui faisaient voltiger drapeaux et banderoles de soie multicolores. Nous nous sommes tous réjouis au son des tambourins et des chants. À travers mes rideaux bleus, je voyais des enfants nous accompagner en courant dans les rues. Lorsque j'ai glissé la main à l'extérieur pour saluer, des jeunes filles ont désigné avec admiration les bagues que je portais aux doigts. Elles étaient pieds nus, vêtues de courtes tuniques, et des couronnes de lierre ornaient leurs cheveux. Leur gentillesse m'est allée droit au cœur.

Les serviteurs d'Atticus, qui avaient été instruits de notre arrivée, avaient fait le nécessaire pour que tout soit prêt. Les chambres embaumaient le parfum des roses qui avaient macéré dans de l'huile de cannelle, des coupes de fruits étaient dressées sur les tables, les coussins de mon lit avaient été parfumés d'épices, tout était exquis. Et j'étais tellement heureuse à l'idée que Julia me retrouve le jour suivant !

*H*ier, c'était le solstice d'été, le jour le plus long de l'année. Toute la nuit se sont succédé fêtes et banquets. À chaque coin de rue et le long de la côte flambaient des feux de joie. Je n'ai pas participé aux festivités. Déprimée, encore fatiguée de notre long voyage, je suis restée dans mes appartements. Néva a une petite chambre attenante à la mienne. Puzo, lui, se repose dans le corridor. Mes autres gardes sont postés autour de la maison.

Je ne me lasse jamais d'écouter les vagues se fracasser sur la plage. Ma suite fait face à la mer et la brise entre par la fenêtre, juste au-dessus de mon lit. Oh, comme il est doux d'entendre le bruit du ressac et de respirer l'air marin… J'ai d'autant plus le mal du pays que cette situation me rappelle Alexandrie.

Toute la journée j'ai contemplé la baie. Père m'a promis que ses bateaux, en route pour l'Égypte, viendraient me chercher dans quelques semaines. Il m'a aussi fait la promesse que je n'aurai pas à retourner dans la puanteur de Rome.

Vers minuit, mon sablier écoulé, je me suis sentie trop agitée pour m'endormir ; je me suis donc éclipsée et j'ai marché le long de la plage. En s'échouant sur le sable, les vagues forment des lignes blanches d'écume. Au clair de lune, j'ai aperçu un bateau de pêche qui avait jeté l'ancre dans la crique. Il tanguait tandis que la houle s'engouffrait sous la coque. Quelqu'un, sur le pont, ramenait un grand filet gris.

La beauté de cette soirée et la senteur de l'air marin m'ont si bien rappelé mon pays que j'ai suffoqué et, je l'avoue, fondu en larmes. Je me suis assise dans le sable, entourant mes genoux de mes bras. Qui aurait bien pu deviner qu'une princesse égyptienne se trouvait sur ce rivage romain, et qu'elle pleurait, de peur et de solitude ?

J'étais au supplice. Tant de choses risquaient de mal tourner ! Qu'adviendrait-il si Père restait à Rome tout l'été et que ses bateaux n'arrivent jamais ? Et s'ils venaient en effet, mais que Père soit trop ivre pour se rappeler que j'attends et qu'ils passent la baie de Naples sans s'arrêter ? Autre possibilité encore : il pourrait décider que je suis une traîtresse, me laisser délibérément derrière lui, m'exiler en Italie. Comme je tremble à l'idée d'être abandonnée !

Un long moment, j'ai été en proie au chagrin, puis enfin je me suis relevée et j'ai retiré le sable collé sur mes jambes. Mue par une impulsion sauvage, j'ai couru dans l'eau et j'ai plongé sous une vague. C'était glacé ! Mais je me sentais merveilleusement bien, comme purifiée de mes larmes et de mes souffrances. Tout en marchant le long de la côte dans le noir, dans ma robe trempée, j'ai pris une décision royale.

Moi, Cléopâtre, je n'ai aucun pouvoir sur ce que Père fait ou pense. Il me reste à faire une chose et une seule : attendre.

C'est à ce moment que j'ai aperçu une lueur dans le ciel et j'ai songé à un phare, plus bas sur la côte. Quand j'ai entendu la clameur d'une foule, je me suis rappelé l'amphithéâtre. Ce soir, des gladiateurs s'affrontaient.

Lorsque notre équipage était arrivé en ville, j'avais vu les noms de gladiateurs peints sur les murs. Cela m'avait fait sourire : *Titus a de gros bras. C'est la coqueluche des jeunes filles. Arcus est notre apprenti héros.* Ces hommes étaient-ils maintenant dans l'arène ?

Mon cœur s'est alourdi parce que je savais que les acclamations signifiaient la mort d'un homme. Tryphaéna adorait ce sport cruel. Elle disait qu'elle trouvait du plaisir dans cette excitation et dans l'idée de parier qui, du lion ou de l'homme, serait le plus fort. En raison de mon jeune âge, je n'ai jamais eu l'occasion d'assister à ce genre de combat.

L'ÉTÉ, QUINZE JOURS APRÈS LE SOLSTICE

Cet après-midi Julia et moi nous sommes baignées dans des sources chaudes qui jaillissent de la terre. Nous pensons qu'elles proviennent du Vésuve, dont le sommet est caché par une sorte de vapeur d'eau. Personne ne sait vraiment. Jusqu'à présent je n'ai pas mentionné cette découverte, mais il y a dans Rome des bains alimentés par des sources chaudes naturelles ; ces bains sont publics, et les sénateurs et les chevaliers s'y donnent rendez-vous après avoir débattu toute la journée au tribunal.

Ici, à Herculanum, je suis satisfaite que l'une des deux pièces destinées aux bains soit uniquement réservée aux femmes. Une fenêtre donne sur la mer, avec une double vitre pour filtrer la lumière et protéger de l'air froid. Le verre de la vitre, épais et un peu opaque, garantit le respect de notre intimité vis-à-vis du regard des hommes qui passent par là.

Une jeune esclave est entrée et a versé un broc d'eau froide dans une jatte posée sur un socle de marbre. Nous nous sommes aspergées pour nous rafraîchir. Une masseuse a enduit mon dos et mes épaules d'huile et les a frictionnés. Puis, elle m'a tendu un strigile, un bâtonnet de cuivre arrondi, pour frotter ma peau et la nettoyer. Elle a offert de m'épiler les aisselles comme elle le fait pour d'autres femmes.

– Non, je vous remercie, lui ai-je dit. Pas cette année, madame.

Les bateaux de Père ne sont toujours pas arrivés. Des messagers me rapportent que de nouvelles recrues s'entraînent, mais ils ne sont pas encore en nombre suffisant pour former une légion — composée de trois cents à six cents hommes. Savoir que nous ne sommes pas encore prêts à partir m'inquiète mais je ressens en même temps un certain apaisement : cela signifie que Père n'est pas rentré chez nous sans m'emmener.

En attendant, des vaisseaux venant d'Égypte

m'apportent des lettres de mes vieux amis. Je ne me lasse pas de les relire.

Théophile continue de m'écrire en hébreu, pour tenir mon esprit en éveil, dit-il ! Son compte rendu : au Mouseion, des étudiants parlent d'une machine à vapeur inventée voilà quelques années. Ils essaient de l'adapter sur un char pour voir s'il peut rouler sans chevaux. Ces mêmes étudiants ont réussi à faire avancer un bateau sur le Nil avec ce système. Mais ils ont abandonné l'idée.

Sais-tu pourquoi, Cléopâtre ? Les rameurs n'auraient plus rien à faire, et tu sais maintenant combien des esclaves inoccupés peuvent causer de problèmes.

En tout cas, cette lettre me pose aussi un problème. J'aurais aimé que Théophile soit là pour observer les Romains et discuter de la situation avec moi. Si je deviens reine, vais-je interdire des inventions qui permettraient aux esclaves de dormir toute la journée ? Je ne le sais pas. Depuis Spartacus, ceux qui possèdent des esclaves ont eu pour souci d'autres révoltes.

Je viens juste de lire une autre lettre, celle d'Olympus, et mon cœur se brise. La bonne nouvelle, écrit-il, c'est qu'on a retrouvé la vipère lovée dans un panier, endormie, et qu'on l'a tuée. Mais la mauvaise, c'est que Flèche, ma panthère royale, a disparu depuis la nuit où elle a croqué le petit babouin.

Elle n'a réapparu nulle part, ni au zoo ni au palais. Je soupçonne la cruauté de Tryphaéna. A-t-elle fait souffrir Flèche avant de mourir elle-même ? Qu'elle soit maudite !

Autre chose, Olympus écrit que la reine Bérénice s'ennuyait tellement avec son mari qu'au bout de trois jours d'hymen, elle l'a fait étrangler. Qui était cet homme, je l'ignore.

TARD, EN ÉTÉ

*J'*ai cessé de prendre des notes sur les événements de ce mois-ci : après tout, même pour moi, c'est l'été. Je vis avec cette merveilleuse chance d'avoir la mer à mes pieds. De ma terrasse, trois larges marches mènent au bord de l'eau. Chaque jour, Néva et moi nageons dans la baie. Nous portons d'habitude des tuniques courtes en soie que nous nouons à la taille de manière à pouvoir bouger nos jambes librement.

La mer, d'un bleu turquoise magnifique, est si claire que, lorsque j'ouvre les yeux sous l'eau, je vois des poissons et de grandes plantes accrochées au fond sablonneux, qui ondulent.

Sur une autre plage, autour de la jetée, un riche noble a fait construire des bains publics à l'intérieur d'une crique. Deux fois par jour, la marée montante recouvre et nettoie les rochers et remplit les bains de son eau salée, froide et piquante.

C'est ici que j'ai appris quelque chose au sujet de Puzo.

*U*n jour que nous nagions, Néva et moi, dans les bains, nous nous sommes aventurées dans la crique où les grosses vagues se fracassent sur la plage. Tout à coup, Néva a été emportée par un courant rapide. Paniquées, nous avons tenté de nous rapprocher l'une de l'autre, mais nos mains ont glissé et Néva s'est éloignée.

J'ai hurlé :

– À l'aide !

Je ne pouvais pas voir ses yeux car ses cheveux mouillés étaient plaqués sur son visage. Mais je lisais la terreur sur sa bouche qui essayait de m'appeler au secours. Et soudain, Puzo s'est élancé sur la jetée. Arrivé au bout, il a enlevé ses sandales, s'est débarrassé de son épée et a plongé au milieu des vagues qui s'écrasaient violemment contre les rochers.

Je ne distinguais que ses bras tandis qu'il nageait en direction de Néva. Entre-temps, j'avais perdu pied et à mon tour je me battais contre le courant. J'ai avancé tant bien que mal pour regagner le bord. Cela m'a semblé interminable. Finalement, poussée par la houle, je suis parvenue en haut d'une vague et je me suis effondrée dans l'écume bouillonnante. J'ai bu la tasse et l'eau salée m'est remontée désagréablement dans le nez.

Au moins, j'avais les pieds qui touchaient terre et je me suis traînée sur la rive. Malade d'appréhension, j'ai cherché Puzo des yeux. Il escaladait les rochers en portant Néva dans ses bras. Il me la ramenait vivante. Quel bonheur ! Lorsque j'ai vu la tendresse avec laquelle il la regardait, j'en ai été émue.

À cet instant j'ai compris que, si Puzo risquait sa vie pour me protéger, c'est Néva qu'il aimait de tout son cœur.

LE LENDEMAIN MATIN

*A*près avoir bu la tasse, Néva et moi avons toutes les deux souffert de l'estomac. Je suis reconnaissante à Poséidon de ne pas l'avoir fait sombrer dans les profondeurs et de me l'avoir rendue saine et sauve.

Alors que nous nous reposions, Puzo est apparu dans le corridor, nous surveillant l'une comme l'autre, aussi calme qu'à l'ordinaire, le bras toujours prêt à dégainer.

Je me sentais bien seule. Comment expliquer que je me sente déjà vieille alors que je m'apprête seulement à fêter mon treizième anniversaire ? À mon âge, certaines princesses sont déjà mariées, mais je ne sais pas si c'est par amour. À ce sujet, je viens juste de recevoir une invitation pour assister au mariage d'une fille de la riche famille des Sabine. Il a lieu la semaine prochaine à Pompéi, une ville résidentielle située au pied du Vésuve. L'arrangement promet d'être assez rémunérateur, mais qui se préoccupe de l'âge de la jeune fille ? Douze ans.

Comme je l'ai écrit plus haut, je ne trahirai pas les

secrets que m'a confiés Néva, mais j'ai une grande nouvelle. Elle adore Puzo. Elle a eu un coup de foudre en le voyant. Ai-je peur que leur affection réciproque restreigne la loyauté qu'ils doivent me témoigner ? Suis-je comme Bérénice, qui interdit les mariages entre esclaves ? Dois-je être sans cœur, comme Père, qui vendrait une jeune mariée à une caravane l'emmenant très loin ?

Ou bien suis-je comme Tryphaéna ? Ses cruautés devraient être gribouillées sur ces pages pour que je n'aie pas à les décrire.

Je me demande vraiment ce que les reines Esther et Néfertiti auraient fait à ma place dans cette situation. Est-ce que la reine de Saba s'entretenait de tels sujets avec Salomon ? Oh, si je pouvais avoir leur sagesse !

Alors que Néva brossait mes cheveux ce matin, j'ai posé mes mains sur les siennes.

– Je suis heureuse pour Puzo et toi, lui ai-je dit.

Mon cœur se serrait quand je me rappelais comment elle avait quitté sa famille en Grèce pour me servir. Peut-être ne reverrait-elle jamais sa mère ou ses sœurs. Et Puzo, lui aussi, était séparé de sa chère grand-mère et de ses tantes bien-aimées. Je ne lui ai jamais demandé s'il n'aurait pas préféré la mort honorable du gladiateur à la sécurité de servir la princesse du Nil.

J'ai peur de poser des questions sur les situations que je ne veux pas changer.

Néva s'est inclinée, si bien que sa joue a effleuré la

mienne, puis elle s'est remise à brosser mes cheveux. Sa délicatesse a conquis mon cœur.

Mais je ne sais toujours que faire, si ce n'est tenir Père éloigné pour qu'il ne s'aperçoive pas de leur amour, autant pour mon bien que pour le leur. S'il apprend que j'approuve cet amour, il est capable de m'enchaîner. Ou pire encore. C'est une chose bien étrange que d'être de sang royal. Parfois je sens que je suis chère à mon père, et parfois aussi je crains qu'il ne se débarrasse de moi comme d'un vieux chiffon.

Il fait lourd ce soir, le vent d'est souffle son air chaud à travers le vignoble brûlé par le soleil et parvient jusqu'à la mer, soulevant la crête des vagues. La générosité de Tullus Atticus, qui me permet de passer l'été au bord de cette mer magnifique, me remplit de joie. À coup sûr, j'aurais sombré dans la folie à rester dans la chaleur épouvantable de Rome.

2 OCTOBRE, DE RETOUR À ROME

*A*vec l'automne qui approche, la chaleur est plus douce et nous avons regagné Rome. Nous sommes revenus aussi parce que Père m'a envoyé un message pour m'informer qu'il avait besoin de moi. Il semble que, pendant que j'étais à Herculanum, il ne s'entretenait pas avec des officiels romains comme il m'en avait fait la promesse. Il était en tête à tête avec ses migraines !

En guise d'excuse, Père me dit que les rencontres en ma présence sont plus intéressantes. Je pense que ce qu'il veut dire, c'est que les gens se moquent de lui moins facilement parce qu'ils savent que je comprends leur langue.

« Pardonne-moi Isis, mais moi aussi je me moque de lui. » Il a gaspillé tant de jours qu'il est désormais trop tard pour voyager en mer et rentrer à la maison. C'est la saison des orages et les vagues déchaînées engloutiraient nos navires.

Je me sens tellement lasse que j'ai l'impression que mon cœur a cessé de battre.

Mon petit plaisir est d'écouter Néva me faire la lecture quand je m'endors. Dernièrement, il s'agissait de poèmes d'amour composés voilà bien longtemps par la poétesse grecque Sappho. Ces poèmes sont empreints de plus de gaieté que je ne suis capable d'en éprouver en ce moment.

26 OCTOBRE

*A*près le coucher du soleil, j'ai entendu des voix dans le jardin attenant à ma chambre. Je n'ai pas pu m'empêcher d'entendre deux amoureux échanger de tendres paroles. C'étaient Néva et Puzo ! Au moment où j'écris ces lignes, ils sont partis, je ne sais où. « Ô, Isis, fais que Père ne les surprenne pas ! »

27 OCTOBRE

*C*e matin, je les ai invités tous les deux à venir me rejoindre parmi les vignes, au-delà du mur de la cuisine. J'étais si inquiète, la nuit dernière, que j'ai dormi très peu.

– Vous ne devez pas montrer que vous vous aimez, leur ai-je dit très doucement pour qu'eux seuls m'entendent. Si Père le découvre, Néva, il te vendra aux Romains. Quant à toi, Puzo, il te forcera à être gladiateur. Mon père, le roi, ne tolérera aucune forme d'amour dans sa maisonnée, à moins qu'elle ne lui soit destinée.

Puzo, la main sur son épée, s'est incliné, Néva aussi. Leurs mains se sont tendues vers moi, comme des coupes, en un geste de reconnaissance. Ils sont retournés à leurs tâches respectives, comme si de rien n'était. Ce que je ne leur dis pas, c'est que si mon père découvre la vérité, ma vie sera en danger.

30 OCTOBRE

*L*es journées se rafraîchissent. La pluie remplit les bassins dans les cours et nettoie les rues de leur saleté emportée par la rivière. Julia prétend que le Tibre sera bientôt suffisamment profond pour pouvoir atteindre Rome en barges.

Un navire marchand en provenance d'Alexandrie est arrivé la semaine dernière à Ostia. Il avait presque coulé pour avoir pris l'eau lors d'un orage, mais les marins avaient ramé avec une telle force qu'ils sont arrivés à destination sains et saufs. Des années auparavant, lorsque des vaisseaux avaient sombré en mer, la pénurie de blé égyptien avait provoqué une famine. Julia me disait que les pires ennemis de son père, Jules César, n'étaient ni les Gaulois ni d'autres barbares, mais l'hiver et la faim qui déciment les soldats.

Si je mentionne ce bateau qui maintenant va passer l'hiver à quelque vingt-cinq kilomètres des côtes d'Ostia, c'est parce qu'il a apporté, en plus des céréales, des nourritures pour mon esprit : les lettres de mes chers amis, en hébreu de Théophile, en grec d'Olympus. Maintenant j'attends le printemps. D'ici là, il y aura sûrement assez de soldats pour nous escorter et rentrer à la maison.

*E*n attendant, je vais prendre soin de Père qui, j'ai honte de l'admettre, a plus besoin d'une nourrice qu'il n'a besoin d'une fille. Je vais mettre ma colère en veilleuse, mon devoir royal m'y oblige.

C'est aussi une sage décision politique. Je dois rester dans les bonnes grâces du roi.

ROULEAUX 8 À 11
56 AVANT J.-C.

12 FÉVRIER

*J'*ai eu un moment de folie. Pauvre de moi !
Hier, nous avons connu la première journée enso-
leillée après bien des semaines. Néva et moi avons
sorti notre malle-armoire dans la cour pour faire
sécher nos robes encore humides et nos châles. Nous
les avons étendus sur les statues et les buissons. Oh,
combien nous manquent la chaleur et le soleil
d'Alexandrie !

J'ai envoyé Puzo vaquer aux tâches habituelles, aigui-
ser son épée, polir mes colliers. Comme Néva et lui
savent lire et écrire, ils correspondent souvent grâce
à de petits mots qui passent par mes mains bien-
veillantes, avant d'être détruits pour que jamais Père
ne puisse les lire. En fait, leur histoire d'amour s'arrête à quelques regards volés ici et là et aux mots que
nous nous murmurons tendrement quand nous venons
nous asseoir tous trois à la fontaine.

Quiconque nous observerait penserait que je suis

en train de leur donner des instructions et non pas d'échanger des idées.

Il ne s'agit pas d'idées élevées comme avec Théophile et Olympus, mais les mots que nous nous adressons sont doux et réconfortants. Ces heures passées ensemble m'apaisent.

Mais je me perds dans des digressions. Mon moment de folie a eu lieu alors que nous prenions un bain de soleil. J'avais pris avec moi des lettres et des papiers à lire car la lumière était bonne. J'ai été distraite par un bruit de chevaux galopant sur le chemin de gravier et des aboiements de chiens. De sonores bonjours ont retenti. J'ai reconnu la voix d'Atticus, mais pas l'autre. Père devait encore être en train de dormir.

Je me suis précipitée à la rencontre des visiteurs, Néva derrière moi, puis Puzo. Arrivée à l'entrée, je leur ai donné congé à tous deux pour le reste de l'après-midi.

C'était Marcus Tullius Cicéron qui nous rendait visite, majestueux dans sa toge drapée deux fois autour de ses épaules. J'avais entendu parler de lui ; en fait Néva m'avait lu plusieurs de ses discours. C'est l'orateur le plus célèbre à Rome, un avocat que ses adversaires craignent en salle d'audience en raison de sa langue acérée. Il avait été banni de cette cité pour plus d'une année. Pour quels motifs, je ne sais pas : sans doute politiques. J'ai trouvé curieux qu'il fût si bien vêtu car Julia m'avait expliqué que ceux qui sont bannis de Rome n'ont plus le droit de porter la toge par la suite. Peut-être Cicéron fait-il ce que bon lui semble.

Au lieu de parler de son exil, il a simplement mentionné que sa disgrâce avait un rapport avec des paroles prononcées à l'encontre d'un ami de César. Mais, aujourd'hui, leur conflit s'est apaisé.

Les présentations étaient faites. Je ne me suis pas inclinée, bien entendu — lui non plus —, mais je me suis adressée à lui avec courtoisie, en latin, langue que je parle aujourd'hui presque couramment. Pendant cette entrevue, je me suis rendu compte que nous nous étions déjà rencontrés, mais je doute qu'il s'en souvienne.

Cela s'est passé cet été, à Herculanum : je venais tout juste de nager et me dorais au soleil, allongée sur les rochers. Un homme d'âge mûr déambulait sur la plage et parlait tout seul en brandissant un long morceau de bois. Il semblait étrange, avec sa toge mouillée jusqu'aux genoux, montrant fougueusement la mer. « Drôle de bonhomme », avais-je pensé alors.

Mais maintenant je sais qu'il s'agissait de Cicéron, qui répétait peut-être une argumentation avant de la présenter devant le tribunal. De toute évidence, il se plaisait beaucoup à passer l'été dans sa villa de Pompéi.

Voilà que Cicéron a pris mes mains dans les siennes.

– Cléopâtre, m'a-t-il dit, cet idiot de Marc Antoine m'a informé qu'une fillette égyptienne vivait parmi nous à Rome. De toute évidence, c'est un menteur parce que vous n'êtes pas une fillette. Vous devez désormais savoir que Marc Antoine est régulièrement soûl, c'est pourquoi il vomit plus qu'il ne parle !

J'aime bien Cicéron. Les mots s'envolent de sa bouche telles des flèches. Il a presque le même âge que mon père mais lui n'est ni ennuyeux ni mou. Nous avons passé une heure ensemble, lui, Atticus et moi, discutant d'une autre pièce de théâtre intitulée *Les Grenouilles*. Cicéron m'a expliqué qu'il étudiait activement la littérature grecque et qu'il s'exerçait à tenir son esprit éveillé en apprenant par cœur des œuvres entières. Cette conversation m'a captivée à tel point que j'en ai oublié de toucher à notre repas, composé de sardines et d'olives, et que je n'ai pas même goûté mon vin.

C'est seulement au moment où on a avancé sa chaise à porteurs devant la porte que je me suis rendu compte qu'il avait plu. Il a évité une grosse flaque et a grimpé dans sa chaise en relevant le bas de sa toge. J'ai pensé brusquement à mon journal et me suis précipitée dans ma chambre. La cour était inondée, nos robes trempées ainsi que mes lettres. Avec précaution, j'ai détaché chaque feuille détrempée en espérant la sauver, mais l'encre avait coulé. Tous les mots étaient devenus illisibles.

Maintenant, au lit. La pluie s'est remise à tomber. Le chat blanc s'est roulé en boule à mes pieds, il me rappelle un peu ma Flèche. Ses ronronnements me réconfortent.

PLUS TARD…

*Q*uelques notes supplémentaires sur Cicéron. Il rend fréquemment visite à Atticus et, en tant qu'invitée d'honneur, je suis toujours conviée à me joindre à eux. Je ne me lasse pas d'écouter ce cher Cicéron. Quand il parle, il passe les doigts de sa main gauche sur son menton, comme si cela l'aidait à réfléchir. Il a la langue bien pendue. Il m'a expliqué ce qu'était le Triumvirat, le monstre à trois têtes, comme il l'appelle, faisant référence à la soif de pouvoir de César, de Pompée et de Crassus.

– Ils ont un caractère peu sûr, m'a-t-il dit. Ils vont audevant de catastrophes.

Cicéron m'a confié que j'étais la première fillette avec laquelle il prenait plaisir à partager des « conversations socratiques », entendant par là que nous discutons d'idées et de philosophie, et pas de futilités ou de ragots. Et pourtant Néva et moi adorons murmurer de telles bêtises, la nuit — mais je ne l'avouerai pas à Cicéron.

LE MATIN, À L'AUBE

*Q*uand je suis sortie du lit, j'ai presque écrasé du pied un loir mort que le chat blanc avait déposé par terre, en mon honneur. Je l'ai pris par la queue et l'ai jeté dans un buisson. Je ne suis pas près de cuisiner une telle bestiole.

Aujourd'hui, Cicéron m'a appris qu'il avait reçu des lettres de Jules César, actuellement en Gaule pour sécuriser le territoire romain. Celles-ci avaient mis seulement vingt-six jours pour arriver à destination, parce que le messager avait galopé à bride abattue, changeant de monture chaque fois qu'il en trouvait une dans le champ d'un fermier.

Le messager se repose aujourd'hui avant de rejoindre César. Julia et d'autres lui écrivent des messages. Vais-je moi aussi écrire à cet homme, peut-être lui adresser un bonjour familier et ainsi gagner ses faveurs ? Parfois je ne sais pas si mon cœur répond à des obligations royales ou bien aux émotions d'une jeune fille de treize ans. Souvent, très souvent, j'aimerais que ma mère soit vivante pour m'expliquer les choses. Finalement, je lui ai envoyé l'un de mes petits sachets rempli d'épices.

J'ai appris tellement de choses terribles au sujet de l'homme le plus riche de Rome, Marcus Licinius Crassus, Sa Majesté La Crasse, comme l'appelle Cicéron !

Je savais déjà qu'il était l'un des membres du Premier Triumvirat avec César et Pompée. En mon for intérieur, je l'appelais Crassus le Crucificateur parce que c'est lui qui avait ordonné ces horreurs sur la voie Appienne.

Mais il y a plus. Crassus possède sa propre brigade de pompiers. « Et alors ? » me direz-vous.

L'autre soir, Cicéron, Julia et moi venions juste de finir de dîner et nous nous promenions dans le jardin en bavardant. Nous avons alors aperçu une lueur d'incendie venant du bas de la rue. Curieux, bien sûr, nous avons emprunté une allée au hasard jusqu'à ce que nous arrivions sur le lieu de la scène. Je n'oublierai jamais ce que j'ai vu. Au beau milieu de la rue, un chariot attelé à un cheval transportait un réservoir d'eau muni d'une pompe et de tuyaux en cuir pour éteindre le feu.

Crassus, le propriétaire du chariot, se tenait non loin de là, les bras croisés sur son gros ventre. Calmement, il était en train de négocier avec un homme qui, lui, n'avait rien de calme. Furieux, il agitait les bras : c'était sa maison qui brûlait.

Je me suis faufilée vers eux. Il n'était pas très facile d'entendre leur conversation à cause des cris des voisins, effrayés à l'idée de perdre leurs foyers. Crassus voulait que l'homme paie avant d'éteindre, éventuellement, l'incendie. Comme cet homme n'avait pas d'argent (ce qu'il possédait était en train d'être réduit en cendres), il a dit : « D'accord, tout ce que vous voudrez ! »

Ce pauvre homme n'avait pas réalisé que ce « tout ce que vous voudrez » signifiait qu'il devait donner sa maison au propriétaire du chariot. Aujourd'hui, c'est Crassus qui possède cette propriété et le pauvre homme doit lui verser un loyer jusqu'à la fin de sa vie. Julia croit que Crassus a mis volontairement le feu parce que, dit-on, il arrive toujours au bon moment sur les lieux d'incendie. Je crois savoir maintenant pourquoi Crassus est le propriétaire le plus opulent de Rome.

*A*ujourd'hui, Cicéron plaidait une cause au Sénat. Plutôt que de m'asseoir en bas, derrière le rideau qui cache les femmes, j'ai grimpé l'escalier en colimaçon. Le lieu était rempli d'hommes et de femmes, penchés au-dessus de la balustrade pour mieux écouter Cicéron présenter l'argumentation qui concluait son affaire. Je retenais ma respiration. Quelle éloquence ! Il arpente la scène de long en large, fait de grands gestes passionnés, puis s'arrête de façon théâtrale pour juger de l'effet produit. Il sait très bien quand parler d'une voix douce et quand éclater comme le tonnerre.

Juste avant le coucher de soleil, lui et d'autres avocats se sont réunis à l'extérieur et ont trouvé un compromis. Cicéron appelle cela « un arrangement à l'amiable ».

Les magistrats siégeront à nouveau demain — je prévois d'écouter Cicéron plaider autant d'affaires que je le pourrai car je veux apprendre son art de la persuasion. Il y a un autre avocat qui m'intrigue tout autant. Il porte une toge bleue. S'il représente le plaignant, il peint un rond noir autour de son œil droit et, lorsqu'il représente l'accusé, autour de son œil gauche. Il est assez amusant car il mime son discours et fait de petits bonds comme un acteur dans une pièce grecque.

*C'*est le deuxième printemps que je passe loin de la maison. Oh, mon cœur se sent tellement solitaire par moments ! J'ai bon espoir d'être à la maison le jour du solstice d'été.

J'ai rassemblé les dernières lettres que j'ai écrites à Olympus et Théophile pour les confier à un navire qui part demain pour Alexandrie. (Rien pour Bérénice — que pourrais-je bien lui écrire ? *As-tu étranglé un nouveau mari ?*) Les marins s'évanouiront certainement quand ils verront l'ampleur du courrier. Une princesse qui s'ennuie de ses amis a tellement de choses à exprimer... Je prie pour que le navire ne rencontre ni orage ni hydre de mer.

Pour être bêtement honnête, je ne sais pas très bien qui je dois prier — Poséidon, Neptune, Isis, ou le dieu qui n'a pas encore reçu de nom ? Il y a bien Zeus, Apollon et une douzaine d'autres, mais je ne sais pas lequel est le plus disposé à écouter une adolescente.

Ce matin j'ai rendu visite à Père qui, dans son jardin, écoutait son lecteur lui réciter des vers d'Homère. J'ai congédié le serviteur d'un geste pour me retrouver seule avec mon père.

Il n'avait pas l'air en forme. Lorsque je lui ai posé des questions sur les soldats, il s'est éloigné de moi, s'est approché de la fontaine et s'est aspergé le visage.

J'ai contourné l'eau vive, de façon qu'il me voie, mais

il a continué à s'activer, se lavant les oreilles puis les dents avec le doigt.

– Père, je vous en prie, parlez-moi.

Ma voix tremblait, j'étais au bord des larmes. Qu'il ne réponde pas ou même ne me regarde pas, et j'aurais éclaté en pleurs. Il devait bien y avoir quelque chose qu'il me taisait.

Je voulais tellement lui crier ma fureur, ma frustration. Je voulais me mettre en rage, pleurer de désespoir.

Pourtant, il restait une part de moi-même — une petite part — qui me commandait de me conduire en reine. Une reine ne doit pas se mettre en colère ou se laisser emporter par la folie d'un autre. L'autre part de moi-même — la part prédominante — voulait être une adolescente de treize ans, sous la protection d'un père plein de sagesse. Je voulais qu'il nous ramène à la maison maintenant et qu'il promette de toujours assurer ma sécurité.

Mais à bien regarder cet homme, roi d'Égypte déchu, mon père, je comprenais clairement que mon espoir était stupide. Si on comptait le nombre d'années, j'étais bien une enfant, mais je savais que, de lui ou de moi, c'était moi la plus forte. Il n'était plus temps de pleurer.

– Venez, Père.

J'ai pris sa main et je l'ai conduit à un banc baigné de soleil. J'ai enlevé le châle en coton qui entourait mes épaules et lui ai séché le visage. Au fond de moi, je pensais que des larmes coulaient sur ses joues mal rasées car, après avoir remis et épinglé mon châle, son visage était à nouveau humide.

« Est-ce là des larmes de regrets ? me suis-je demandé. A-t-il conscience de ce qu'il est devenu ? » Bien que j'éprouve de la pitié pour lui, je reste prudente. À certains égards, un roi me rappelle ma panthère : il peut être doux et aimant mais, s'il se sent menacé, il tuera.

PLUS TARD...

*P*ère et moi avons passé l'après-midi dans les quartiers des soldats. Lorsque j'ai remarqué que des hommes s'étaient regroupés près des écuries, j'ai laissé Père se reposer sur une chaise et je les ai rejoints. Ils ne faisaient pas d'exercices, ils jouaient !

Plantés dans la terre et séparés de vingt pas, il y avait deux piquets en cuivre d'une hauteur de trente centimètres. Derrière chaque piquet, des hommes lançaient les semelles de cuivre prises sur des chevaux morts, les jetant en l'air pour essayer de les faire se toucher sur le poteau.

Je me demandais ce qu'il fallait dire ou faire, lorsqu'un officier s'est approché de moi en riant. C'était Marc Antoine.

– Salut, Cléopâtre ! Qu'est-ce qui t'amène ici aujourd'hui ?

De toute évidence, il avait bu : il empestait le vin. Je ne voulais pas perdre mon temps.

– Ces singes sont-ils sous vos ordres ? lui ai-je demandé. Ce sont bien des singes, s'ils jouent alors qu'ils devraient travailler.

– Princesse, a-t-il dit en se redressant et en haussant les épaules, d'où vient qu'une petite chose comme vous ait un tel tempérament ?

J'ai mis ma main en visière pour protéger mes yeux du soleil.

– Marc Antoine, lui ai-je répondu, d'où vient qu'un homme aussi costaud que vous ait une aussi petite cervelle ?

Après quoi, je me suis éloignée.

Maintenant c'est le soir. Je m'en veux d'avoir été sarcastique avec cet homme alors que j'ai besoin qu'il devienne un ami. Cicéron ne l'apprécie peut-être pas mais ce n'est pas mon cas. J'aime assez son esprit et sa beauté.

Que se passe-t-il en moi ?

AVRIL, LE PRINTEMPS !

*J'*ai passé la journée au forum, en ville. La cour siégeait, comme on dit : des avocats des deux parties venaient d'arriver et les magistrats attendaient. (Que de toges blanches et immaculées !) De ma place, tout en haut, parmi d'autres spectateurs, j'entendais Cicéron clairement. Son discours a duré six heures, jusqu'à ce que sa dernière horloge à eau se vide. Sachant qu'il faut compter trois horloges à eau pour une heure romaine, il y avait une vingtaine de ces petites machines sur la table, en face de lui — et quel bruit faisaient-elles en cliquetant ! Pourquoi ne peuvent-ils pas utiliser un sablier ? Un esclave pourrait s'en occuper et le retourner au bon moment.

Toujours est-il que Cicéron défendait un homme accusé d'avoir tenté d'étrangler une jeune marchande ; cette fille, apparemment, lui avait coupé l'oreille avec son poignard. Le jugement en était à son troisième jour parce que la loi autorise le procureur à disposer de six heures alors que la défense a droit à neuf. Chaque témoin avait été entendu une journée entière. Ô combien de mensonges et de faussetés ai-je entendus !

Je reconnais, le cœur lourd, avoir trouvé la stratégie de Cicéron indigne. Il a attaqué la jeune fille en utilisant des détails embarrassants, qui m'ont choquée. Voici son raisonnement : Est-il si important que l'homme ait voulu l'étrangler ? Elle devait l'avoir mérité, car maintenant ce malheureux n'a plus qu'une oreille.

J'ai appris que la loi romaine ne prenait pas le silence d'une personne pour preuve de sa culpabilité. Et pourtant, bien que cette jeune fille n'ait pas dit un mot pour sa défense, la cour l'a jugée coupable. Cicéron a gagné le procès.

Elle a choisi l'exil plutôt que la lapidation à mort. Maintenant, elle va passer le reste de ses jours sur une lointaine île de l'Italie.

À en juger par ses manières et la jeunesse de son visage, elle a environ quinze ans.

Je réfléchis au sens de la justice. Quand je serai reine, aurai-je un cœur de pierre ou un cœur compatissant ? Je ne le sais pas encore.

Lorsque je suis rentrée à la villa, Néva m'avait préparé un bain et une surprise. Des lettres ! J'avais écrit à Olympus qu'une coupure à mon poignet n'avait pas cicatrisé. Voici sa réponse :

... Et maintenant parlons de cette blessure au bras. Prépare un cataplasme à base de figues, recouvres-en la plaie pendant cinq nuits et tu guériras...

J'ai assisté à ma première opération du cerveau sous le couteau avisé de Titus. Le patient était étendu, il est resté éveillé tout le temps, nous racontant même des souvenirs de sa jeunesse. Il n'a ressenti aucune souffrance et vit encore à ce jour...

Comme Olympus me manque ! Si j'étais à Alexandrie, moi aussi j'assisterais à ces cours de médecine. Et j'étudierais à la magnifique bibliothèque. Il faut que je cesse de me languir en songeant à ce que je n'ai pas, cela ne fait qu'ajouter à ma peine.

Il y a bien une bibliothèque à Rome, petite en comparaison de celle d'Alexandrie. Julia et moi y étions installées quand un petit garçon d'environ sept ans a couru vers elle. Il s'appelle Octave et c'est le petit-neveu de Jules César. Il ne me paraît pas en très bonne santé : il est plutôt pâle et fluet, mais très gentil.

Après les présentations, Octave m'a prise par la main et m'a emmenée dans un jardin, à l'extérieur, où se trouvait un bassin dans lequel barbotaient des bébés canards. Il a confectionné un petit bateau avec du papyrus et des bâtons de bois, et nous avons joué, chacun d'un côté du bassin, à nous renvoyer le bateau. Les canetons se débrouillaient tant bien que mal pour s'écarter de la trajectoire de notre esquif quand celui-ci arrivait vers eux.

Cet enfant me rappelle mon frère, Ptolémée, qui n'a rien d'autre en tête que de s'amuser. Jouer est l'occupation assignée de tout temps aux enfants.

Théophile, ami et étudiant, à Cléopâtre, la princesse aux questions aussi nombreuses qu'il y a d'étoiles dans le ciel.

J'écris en hébreu pour que vous n'oubliez pas ce que je vous ai appris. Vous me demandez pourquoi Isis n'exauce pas votre désir lorsque vous la priez de rentrer chez vous à Alexandrie. Vous me demandez pourquoi la nourriture que vous offrez au temple de Castor et Pollux reste sur les statues jusqu'à ce que des souris la grignotent.

Ô Cléopâtre, n'en savez-vous vraiment pas la raison ?

Vos idoles sont d'argent et d'or, de pierre et de bois, l'œuvre de la main de l'homme. Elles ont des bouches mais ne peuvent parler ; des yeux mais ne peuvent voir ; elles ont des oreilles

135

mais ne peuvent entendre ; aucun souffle d'air ne sort de leurs bouches. Ceux qui les ont fabriquées deviendront comme elles, ainsi que ceux qui croient en elles.

Non, mon amie, Olympus et moi n'avons pas retrouvé votre magnifique panthère. Nous continuerons à la chercher jusqu'à votre retour.

1ᴱᴿ MAI

*U*n visiteur est arrivé ce matin à la villa alors que le soleil ne s'était même pas levé : Marc Antoine. Il se trouve qu'il n'était pas encore allé se coucher !

Nous avons échangé des paroles si courtoises que Néva me demanda plus tard si je me sentais bien.

– Oui, lui ai-je répondu. J'ai simplement décidé d'être moins difficile.

En moi-même je pensais : « Une reine doit savoir se comporter avec toutes sortes de gens. Je m'entraîne, voilà tout. »

Nous avons des projets pour demain. Quand Marc Antoine a entendu que je brûlais d'envie de voir les troupes que Père avait engagées, il m'a dit qu'il m'emmènerait personnellement inspecter les bateaux.

Plaisantes manières sème aujourd'hui, brassée de fruits ramasseras demain.

Un tout autre sujet… juste avant d'aller au lit, j'ai vu Néva et Puzo dans le jardin. Il tenait sa main et la regardait avec une telle adoration que j'ai souri intérieurement. Mais soudain mon cœur s'est arrêté.

De l'autre côté de la cour, mon père marchait dans le corridor. J'ai vu son visage, puis l'éclat de sa ceinture dorée lorsqu'il s'est retourné. Il les avait vus !

« Ô Isis, fais en sorte que Père oublie cette scène. Pour une fois, qu'il passe la nuit à cuver son vin. »

2 MAI

*M*algré mes pieds douloureux et mes ampoules aux mains, aujourd'hui je suis la princesse la plus heureuse du monde. La nuit est avancée, tous ceux qui habitent la maison d'Atticus dorment.

Je m'étais attendue à ce que Marc Antoine vienne me chercher avec un équipage : ainsi Néva, Puzo et moi aurions voyagé ensemble quel que soit le temps.

Mais non. Le claquement de sabots sur la route de pierre provenait d'un char tiré par trois chevaux au galop ! Marc Antoine se tenait debout, les rênes à la main, l'allure imposante dans sa tunique et ses bottes de soldat. J'étais sur le point de protester. Je voulais que ma servante et mon garde m'accompagnent et certainement pas rester debout pendant vingt-cinq rudes kilomètres à l'aller et autant au retour.

Au fond de moi pourtant, je me disais que j'étais une adolescente de treize ans et que j'étais en train d'apprendre à ne pas toujours considérer les choses de mon seul point de vue.

J'ai grimpé dans le char. C'était tellement étroit que ma robe s'est accrochée à l'épée d'Antoine et nos bras se sont touchés.

– Tenez-vous bien, m'a-t-il dit, en me montrant comment saisir le rebord en bronze.

Puis, sans dire un mot de plus, il a brandi les rênes et nous voilà descendant la voie sablonneuse qui longe le Tibre, à l'ouest de la côte. Je me suis retournée et j'ai vu un cavalier qui galopait à toute allure : c'était mon bon Puzo.

Je n'avais pas senti le vent souffler dans mes cheveux depuis que j'étais allée en haute mer, à l'avant du bateau de Père. L'air était frais sur mon cou et mes bras nus, mais le soleil sur mon visage était chaud. Bien entendu, je ne pouvais pas entendre ce que Marc Antoine me criait à cause du claquement du harnais et du sifflement des roues qui tournaient dans la poussière.

Bientôt, j'ai senti l'air salé et j'ai vu la mer. Quelle joie ! Sur le port d'Ostia, c'était l'effervescence : des bateaux allaient et venaient, des travailleurs sur les docks chargeaient et déchargeaient les navires, tout m'a remplie d'exaltation tant cela me rappelait ma chère Alexandrie.

Marc Antoine m'a conduite aux quartiers des soldats. (Puzo se tenait à une longueur de bras, la main sur la poignée de son épée.) J'ai vu des hommes s'entraîner et défiler. Nous avons visité la plage où des galères romaines étaient échouées : de vieux marins en grattaient la coque pour leur permettre d'avancer plus vite dans les vagues. Le capitaine de port m'a dit que la flotte de mon père avait été tirée de l'eau le mois dernier, puis nettoyée et que les barrots avaient été renforcés par un nouveau goudron pour une meilleure étanchéité. Tout est prêt.

Le soleil se couchait quand Marc Antoine m'a raccompagnée à Rome. Je respirais les arômes provenant des cuisines, l'odeur de viande rôtie et d'oignons frais. J'avais grand-faim, n'ayant rien avalé depuis mon premier repas. Mes doigts me faisaient si mal que je ne pouvais ôter mes sandales. Néva a passé une heure à coiffer mes cheveux emmêlés par le souffle du vent. Elle m'a dit que mon visage était tellement bruni que je ressemblais à ces pauvres filles qui travaillent dur dans les champs, sous un soleil de plomb.

Pourtant je ne souffrais que d'une bienheureuse fatigue. Et savoir qu'il nous sera bientôt possible de partir pour l'Égypte ! Mon cœur se réjouit aussi car Marc Antoine et moi ne nous sommes pas querellés une seule fois de toute la journée.

DE NOUVEAU L'ÉTÉ

Devrais-je pour la énième fois me plaindre de séjourner dans une villa au bord de la mer ? Atticus m'y a invitée gracieusement, prouvant une fois de plus qu'il était bien plus un ami que ce que je ne le pensais au départ. Mais son cas ne se présente pas bien.

Hier, dans un violent discours, Cicéron a attaqué le caractère d'Atticus et de ceux qui, comme lui, veulent nous aider. Il a affirmé que les prêteurs sur gage étaient fous de jeter leur argent par les fenêtres et d'envoyer leurs bons soldats en Égypte, à plus forte raison sous les ordres de Marc Antoine qui (et ce sont ses mots exacts) « n'est qu'un misérable, un subordonné de César, soûlard et veule ». Je me trouvais encore au forum quand Cicéron a présenté son réquisitoire contre mon père, le roi Ptolémée XII.

– C'est un joueur de flûte et un ivrogne, rien de plus, a-t-il conclu. Ce n'est plus qu'une question de temps, Alexandrie deviendra une province romaine.

Ses mots m'ont poignardée. J'aurais voulu m'enfuir et me cacher pour pleurer de désespoir, mais je suis restée parce qu'une reine doit supporter d'entendre de mauvaises nouvelles avec dignité. (Il faut que j'apprenne à adopter ce comportement détaché, il le faut absolument.) Et je ne voulais pas que les dames assises à mes côtés pensent que j'étais encore une enfant. Mais mon cœur, en silence, hurlait : « Jamais nous ne vous laisserons notre magnifique Alexandrie, barbares ! »

C'est une triste histoire. Père est prêt à rentrer, les soldats sont prêts, les navires sont prêts. Mais nous devons rester en Italie jusqu'à ce que tous les points de vue soient débattus au Sénat. La politique !

C'est agréable d'être ici, au bord de la mer, loin des querelles. Mon admiration pour Cicéron s'est évanouie — je croyais qu'il était mon ami. Son talent dans le maniement des mots, qui m'avait enchantée au début, s'est retourné contre moi. Le chat blanc me réconforte, je l'ai porté sur mes genoux tout le temps de notre voyage depuis Rome. Les rideaux de ma voiture sont restés baissés lorsque nous avons emprunté la voie Appienne, si bien que de la magnifique campagne ne m'est apparu qu'un décor de soie bleue. Je ne voulais pas voir les croix dans la lumière du soleil.

J'aurais aimé que Crassus fasse disparaître ce qui restait de certaines. Mon sang s'est glacé à leur vue et encore n'en ai-je aperçu que quelques-unes. Qu'importe les liens d'amitié que j'ai tissés, la vie se réduit à cette seule et terrible vérité : c'est pure folie que d'être un ennemi de Rome.

Pendant la matinée, je me suis assise sur la plage et j'ai contemplé la mer au loin. Je ne me sens plus en sécurité depuis que je sais que de puissants Romains se querellent au sujet de mon père et d'Alexandrie, et que même le grand Cicéron s'oppose à lui.

En ce qui me concerne, je ne me sens guère tranquille avec mon père. S'il a une quelconque idée de l'histoire d'amour entre Puzo et Néva, il la garde pour lui. Je ne sais pas s'il a tout oublié ou bien s'il projette de passer à l'action plus tard.

Une autre vérité qu'une princesse doit connaître : c'est pure folie que d'être l'ennemi du roi.

TÔT LE MATIN

*L*e petit Octave est parmi nous, c'est un enfant adorable ! Julia, qui est sa tante, l'a emmené loin de la chaleur accablante de Rome. Déjà, les bienfaits du soleil et de la brise marine l'ont remis d'aplomb et il est devenu bien plus enjoué. Il a exprimé le désir de rester avec moi plutôt qu'avec Julia : la villa où elle réside cet été se trouve à Pompéi, à quelques kilomètres dans les terres, bien trop loin pour un petit garçon désireux de bâtir des châteaux de sable sur la plage.

En habitant la villa d'Atticus, Octave pourra courir de sa chambre dans l'eau, comme il le souhaite, et jouer dans les vagues. Nous nous ressemblons sur ce point !

DEUX JOURS PLUS TARD, AU COUCHER DU SOLEIL

*C*ertains jours, mon cœur se languit, c'est comme si j'étais un oiseau perché seul sur un toit. Je regarde la mer et imagine qu'Antirhodos, ma petite île, se trouve là, dans la baie, assez proche de moi pour que je l'atteigne à la nage. Si je restais seule dans mon palais, me sentirais-je davantage chez moi ?

J'imagine Marc Antoine venant à moi en tunique de soldat, son bateau de guerre prêt à voguer vers l'Égypte.

Je pense souvent à lui.

De la part de la princesse Cléopâtre à Olympus, étudiant en médecine, et à Théophile, étudiant en philosophie, deux amis qui lui manquent tant.

Que la miséricorde et la paix soient avec vous. Il y a quelques semaines, c'était le solstice d'été. Un navire transportant des céréales est actuellement amarré dans la baie de Naples, en partance pour Alexandrie. De ma fenêtre, je peux voir les marins ramer jusqu'au littoral dans de petites embarcations pour rapporter des provisions de la ville. Leur pilote a promis de vous transmettre cette lettre, alors je me dépêche.

Le chagrin décolore toutes mes pensées. À dire vrai, au moment où je vous écris, je suis en pleine détresse (c'est pourquoi j'écris en grec et non en hébreu, Théophile).

Cicéron a déclaré qu'il était contraire aux anciennes prophéties sibyllines que des Romains aident Père à reconquérir son trône, et c'est pourquoi nous devons rester en Italie. Je ne comprends vraiment pas !

En même temps, rester dans la villa d'Atticus au bord de la mer me fait du bien.

Quelqu'un frappe à ma porte. Ma bougie est allumée, j'emploierai la cire pour mon sceau. Sachez que c'est bien moi, mes chers amis, votre Cléopâtre, qui vous écris ces mots de sa propre main.

ROULEAU 12
55 AVANT J.-C.

ROME
L'HIVER, À NOUVEAU

*J*e n'ai pas écrit depuis des semaines, j'avais le cœur lourd ces derniers temps.

En quelques mots, la semaine des Saturnales, qui ont débuté le 17 décembre, a donné lieu à de grandes réjouissances en l'honneur du dieu romain des Semailles. Les tribunaux et les bâtiments publics restent fermés sept jours durant. Même les esclaves sont libres de prendre part à la fête.

Moi, princesse Cléopâtre, je ne me suis pas amusée un seul instant. Chaque fois que Père essayait de m'entraîner à danser dans les rues bondées, je lui répondais : « Saturne est un dieu romain, laisse-moi tranquille. » En réalité, j'ai le mal du pays, mais il ne peut pas comprendre ce qui se passe dans le cœur d'une jeune fille de quatorze ans.

Eh oui, j'ai maintenant quatorze ans. Ce cher Atticus a organisé un petit dîner en mon honneur, il y a quelques semaines. C'était simple, exactement comme je le souhaitais. Deux lecteurs, postés chacun à un angle de la pièce, récitaient à l'unisson *Les Oiseaux*, une fantaisie amusante au sujet d'une ville dans le ciel, écrite il y a fort longtemps par Aristophane.

Ce fut une soirée plaisante, je dois le dire. Surtout lors de ma rencontre inattendue avec Cicéron. Bien entendu, au début, je lui en voulais mais il a vite su gagner mes faveurs par ses plaisanteries. Je lui ai demandé de m'accompagner dans la cour. Grâce aux torches et aux feux disposés autour de la fontaine, la nuit d'hiver paraissait chaleureuse.

– Sénateur – j'avais repris un ton cérémonieux pour m'adresser à lui –, est-ce vous qui nous empêchez, mon père et moi, de rentrer chez nous ? Pourquoi cela ?

Ah, le discours qui s'ensuivit... L'art oratoire à son zénith ! Je l'ai patiemment écouté, comme le devoir l'exige pour une reine, puis j'ai répliqué :

– Sénateur, vous savez vous-même que Rome gagnerait à s'allier avec l'Égypte. Plus vite mon père récupérera son trône, plus vite nous nous emploierons à rembourser l'argent prêté par les citoyens de Rome.

Cicéron a ouvert la bouche pour parler, mais je n'avais pas terminé.

– Car c'est bien leur argent, sénateur, et non le vôtre.

Après quoi, je me suis retirée, le laissant seul dans la cour. Je ne sais pas combien de temps il y est resté, car on ne l'a pas revu à ma fête.

145

J'écris ces mots emmitouflée dans une épaisse couverture de laine, en raison de l'humidité qui règne dans ma chambre. La pluie entre par l'atrium et éclabousse le sol de marbre de l'entrée. Ce genre d'architecture convient l'été, lorsqu'il fait chaud, mais toutes ces ouvertures rendent la vie impossible en hiver.

3 FÉVRIER

*B*onne nouvelle. Ô joie ! Nous rentrons à la maison dès la fin des tempêtes d'hiver. J'ai déjà écrit à Théophile et Olympus afin que les lettres partent avec les messagers qui précéderont la flotte royale. Je suis si impatiente à l'idée de les revoir... Voici ce qui s'est produit : Cicéron a plaidé devant le Sénat pour faire entendre officiellement son point de vue. Je reprends ses mots : « Le départ de Marc Antoine pour Alexandrie est un défi au Sénat, au patriotisme et à la volonté du ciel. »

Puis il a levé les mains pour signifier qu'il rejetait toute responsabilité à notre égard avant de faire une sortie fracassante. Il ne nous donnera pas sa bénédiction, mais au moins il ne nous empêchera pas de partir.

J'ignore ce que le grand Cicéron écrira au sujet de cet épisode, mais j'espère du fond du cœur qu'il se souviendra de toutes les heures agréables que nous avons passées ensemble à converser.

*U*n événement étrange s'est produit aujourd'hui, que je m'efforce de comprendre. J'étais allée faire le tour des commerces installés près du forum, en compagnie de Néva. Puzo n'était pas avec nous car j'avais décidé sur un coup de tête que nous irions seules.

Néva portait un panier pour nos achats. Nous venions à peine de sortir d'une petite échoppe où j'avais acheté un volume de poésie de Catulle lorsqu'il s'est mis à pleuvoir. En quelques instants, les rues se sont transformées en rivières de boue. Je me suis donc perchée sur une marche pour ne pas me salir les pieds. Mes cheveux ruisselaient sur mon visage, mon châle était trempé.

Brusquement, j'ai senti qu'on me soulevait, qu'un homme me chargeait sur son épaule et m'emmenait. Quand j'ai compris que ce n'était pas Puzo, car il ne m'avait jamais portée ainsi, j'ai pris peur et me suis mise à marteler le dos de l'inconnu de mes poings. Il était armé d'un glaive. J'avais la tête en bas, mais je suis tout de même parvenue à en saisir la poignée et à extirper l'arme de son fourreau. Au cours de la manœuvre, la lame a tranché la ceinture, déchiré le tissu de la tunique, et le vêtement de mon ravisseur est tombé sur le sol. Après quoi ce dernier m'a déposée au chaud, à l'abri d'une échoppe où l'on vendait du pain. Je me suis vivement reculée et j'ai levé les yeux sur son visage, car je ne voulais pas voir son corps dénudé.

C'était Marc Antoine, qui riait.

Tout d'abord la fureur m'a empêchée de parler. Néva s'est dépêchée de me rejoindre pour m'aider à rajuster ma robe et à renouer mon châle. Je tenais toujours le glaive dans ma main (oh, comment ai-je pu penser que je pourrais me passer de Puzo ?).

Un soldat est intervenu.

– Voici, général.

Il a drapé une longue cape rouge sur les épaules de Marc Antoine afin de cacher sa nudité.

J'ai repris courage.

– Comment osez-vous ? me suis-je exclamée tout en serrant le manche du glaive.

– Mais, princesse, a-t-il répondu, n'aimez-vous pas être à l'abri de la pluie ?

Il souriait toujours, manifestement content de lui. Une foule s'était rassemblée dans la rue inondée de pluie pour nous observer, mais le marchand de pain a frappé dans ses mains pour éloigner les curieux.

– Je n'aime pas qu'une brute pose ses mains sur moi, c'est inconvenant.

Je l'ai menacé de la pointe du glaive, songeant qu'il me serait facile de lui trancher une oreille. J'avais envie de le blesser, mais la raison m'en a empêchée.

Je n'avais aucune envie de me retrouver devant un tribunal romain, exposée aux accusations de Cicéron. Je ne voulais pas davantage me brouiller avec Marc Antoine, l'homme dont mon sort dépendait, l'homme qui mènerait des soldats en Égypte et aiderait mon père à récupérer son trône.

Je me suis baissée pour ramasser le fourreau, y ai glissé le glaive, puis l'ai enveloppé dans la ceinture de cuir qui se trouvait aux pieds de Marc Antoine.

– Merci, Cléopâtre, m'a-t-il dit en tendant la main.

Mais je me suis ravisée : j'ai mis l'arme dans le panier de Néva et suis sortie de l'échoppe. Il pleuvait toujours. Arrivée au coin de la rue, j'ai aperçu la cape rouge de mon général qui se tenait à présent au milieu de la rue, entouré de soldats. Son visage était tourné vers moi.

Il est tard, la maison est de nouveau calme. Je serre le glaive de Marc Antoine contre ma poitrine. Il a été forgé dans le plus bel acier de Damas et poli pour réfléchir mon image, mais affûté pour tuer. Il ne saura jamais à quel point mon cœur battait vite lors de notre rencontre, cet après-midi-là. J'avais peur… j'étais furieuse…

« Ô Isis, pardonne-moi mais je ne sais plus où j'en suis. » Je ne sais pas pourquoi mais j'ai envie de le revoir.

13 FÉVRIER

*J*e me sens mieux maintenant, à l'approche du printemps. Je n'ai pas vu Marc Antoine depuis ce jour pluvieux, mais je me surprends à le chercher et j'espère qu'il viendra voir Atticus lorsque je serai là-bas.

Julia m'a persuadée d'aller voir une nouvelle pièce.

Alors que l'on nous transportait par les rues sur nos chaises à porteurs, j'ai vu son bras émerger du rideau et indiquer un nouvel amphithéâtre en cours de construction. Auparavant elle m'avait raconté que ce serait le premier théâtre bâti en pierre, et qu'on l'appellerait Pompéi en l'honneur de son mari.

DEUX JOURS PLUS TARD

*J*e frémis encore au souvenir de ce qui s'est passé dans l'amphithéâtre cet après-midi, mais je vais tenter de consigner les événements qui m'ont tant troublée.

Assise comme d'habitude au premier rang en compagnie de Julia, je me délectais de la satire *Les Grenouilles* lorsque soudain un homme, loin derrière moi, s'est mis à hurler, sans doute à l'intention de l'un des acteurs : « Oh, tais-toi donc ! » En tant que princesse royale, je ne pouvais pas me retourner pour regarder cette brute, mais je voyais autour de moi les gens donner des signes d'agitation. À ma grande surprise, quelqu'un a renchéri : « Tais-toi, espèce de porc ! », bientôt imité par d'autres spectateurs. J'essayais de fixer mon attention sur la pièce, mais les acteurs eux-mêmes étaient déconcentrés.

Des voix se sont élevées parmi la foule des spectateurs pour attirer l'attention du public sur quelque chose de plus intéressant, un ours en train de dévorer un homme, peut-être, ou des gladiateurs qui s'entre-tuaient. J'ai jeté un coup d'œil à Julia : elle regardait droit devant elle. Seul le léger rictus de ses lèvres indiquait qu'elle était tout aussi mécontente que moi.

Puis, sous nos yeux, alors que les acteurs étaient toujours en scène, on a fait venir une lionne, les pattes entravées afin qu'elle ne se précipite pas sur les gradins. Elle semblait affamée, et j'ai cru reconnaître l'animal que nous avions fait venir d'Alexandrie par bateau tant de mois auparavant. Puis on a traîné un esclave sur l'estrade et la foule s'est mise à scander :

– Qu'on le crucifie !

Mes mains, enfouies dans les plis de ma toge, s'agitaient nerveusement. Pendant ce temps, les acteurs continuaient à jouer en s'époumonant pour couvrir le tumulte.

« Ô Isis, je ne veux pas décrire les hurlements affreux de l'esclave lorsqu'on a libéré le fauve de ses chaînes. » Comme j'étais assise au premier rang, les spectateurs derrière moi ne se sont pas aperçus que je fermais les yeux. Que des sanglots me nouaient la gorge ! Je refusais d'assister à tant de cruauté.

Lorsqu'un gladiateur est venu achever la lionne, le public a exulté. Mon cœur saignait. Je découvrais une vérité nouvelle et bien laide : les hommes préfèrent la brutalité à la littérature. Je souffrais d'être assise là, ne sachant que faire. Tandis que l'on amenait les prisonniers, portant leur croix, sur le sol souillé de la scène, j'ai cherché Puzo des yeux.

Je l'ai vu se diriger vers la sortie, alors j'ai pris le bras de Julia et nous nous sommes levées pour partir. Moi, Cléopâtre, princesse du Nil, je ne suis pas obligée d'assister à des crucifixions.

Rome peut bien brûler, je veux rentrer chez moi.

8 MARS
À BORD DE LA GALÈRE ROYALE ROGA

Il fait froid sur le pont à l'heure où j'écris. Le vent souffle si fort dans nos voiles que le navire prend de la gîte, mais je n'ai pas peur. Nous venons juste de quitter l'île de Malte où nous avions jeté l'ancre et à présent nous nous dirigeons vers le sud. D'ici une semaine, nous devrions être chez nous.

Toutes sortes de pensées m'assaillent et me remplissent de joie.

Père, vêtu comme un roi, est sur le qui-vive. Je ne l'ai pas vu ivre depuis notre dernière fête à Rome. Quel spectacle ce fut !

Notre flotte et les vaisseaux de guerre romains se déploient à perte de vue sur la mer immense. Les fantassins sous les ordres de Marc Antoine sont partis il y a plusieurs semaines ; ils comptent gagner Alexandrie par la Judée et devraient arriver en même temps que nous.

Pourquoi ne puis-je cesser de penser à lui ?

Le banquet d'adieu organisé par Atticus en l'honneur

d'Antoine fut somptueux. J'étais si absorbée par notre départ prévu pour le lendemain que j'ai du mal à me souvenir des visages et du nombre des dignitaires qui sont venus me saluer. Dans toutes les pièces retentissait le tumulte des voix mêlé au son des harpes et des tambourins. Dans chaque recoin brûlaient de petites boules d'encens afin de masquer l'odeur fétide du vomi, car l'on a bu beaucoup de vin... beaucoup trop.

Au cours de la soirée, je me suis réfugiée à plusieurs reprises dans la cuisine du jardin, où l'air était frais. C'est là que j'ai trouvé Marc Antoine qui m'attendait près de la porte. Chose étrange, je n'ai pas su quoi lui dire, et lui non plus. Nous sommes juste restés là, près des carrés d'herbes fraîchement plantées, à regarder autour de nous comme deux acheteurs sur la place d'un marché. À cette heure de la nuit, il n'y avait pas de lune, seule nous éclairait la faible lueur des bougies disposées le long de l'allée qui menait à une autre cour. Ainsi, quand il m'a prise dans ses bras, je n'ai pas pu voir son visage. Je ne savais que faire, mais je n'avais pas aussi peur que le jour où il m'avait portée sur son épaule.

Il m'a embrassée.

Était-ce son haleine chargée de vin qui m'a fait reculer ou juste ma nervosité ? Les deux, peut-être.

À présent que nos bateaux naviguent toutes voiles dehors, je me demande quand nous atteindrons Alexandrie et si Marc Antoine et moi trouverons alors de nouveau l'occasion d'être seuls.

Néva vient juste de me glisser un billet. Ce matin, Père les a surpris, elle et Puzo, tendrement enlacés. Elle tremble à l'idée qu'il la fasse jeter aux serpents de mer. Je dois empêcher cela au plus vite.

11 MARS

Mon inquiétude pour Néva et Puzo s'est dissipée lorsqu'une tempête a éclaté. Père était nerveux et distrait. Il s'est attaché au mât, l'endroit le plus sûr pour un souverain puis, lorsque le ciel s'est éclairci, une explosion de joie a de nouveau détourné son attention.

Alexandrie !

Je suis trop excitée pour écrire. Nous voilà chez nous.

16 MARS
AU PALAIS ROYAL D'ALEXANDRIE

Serait-ce trahir les secrets de mon cœur que d'exprimer ma joie de retrouver enfin Olympus ? J'ignorais à quel point j'avais de l'affection pour lui, mon ami d'enfance. Marc Antoine est devenu la dernière de mes préoccupations.

Après deux ans de séparation, Olympus, aujourd'hui âgé de seize ans, est plus grand et il a la poitrine large comme un homme. Je l'ai aperçu, debout sur les marches du palais qui mènent au rivage. Comme notre vaisseau était ancré au large, un petit bateau m'a conduite jusqu'à lui. J'étais si impatiente que j'ai sauté de l'embarcation avant qu'elle ait touché terre et je me suis retrouvée avec de l'eau jusqu'à la taille. J'ai saisi sa main tendue vers moi.

Lorsqu'Olympus m'a enlacée, j'ai pleuré de soulagement. Ô mon ami, comme tu m'as manqué. J'avais tant de choses à lui dire. Théophile était là, lui aussi. Plus réservé, il m'a cependant serré chaleureusement la main. Pendant ce temps, le port déversait des dizaines de soldats romains et de chevaux. Je me suis demandé ce que la « reine » Bérénice pouvait bien faire à ce moment même.

PLUS TARD...

*J'*ai trouvé Son Altesse royale dans son bain. Elle a paru surprise et heureuse de me voir mais, en mon for intérieur, je me suis dit qu'elle avait dû perdre l'esprit. N'entendait-elle pas la foule dans les rues, le galop des chevaux, les cris et le choc des armes ?

J'ai refusé le gobelet de vin que m'a apporté sa servante. Pendant des mois, je me suis répété ce que j'allais dire à ma sœur lorsque ce moment arriverait.

– Père veut te voir.

*C'*est une Bérénice sanglotante qui s'est jetée aux pieds de Père. Il s'est assis sur son trône ; il était redevenu le pharaon, Ptolémée XII, puissant souverain d'Égypte. Il a regardé le visage baissé de ma sœur et a fait signe à un garde, qui l'a débarrassée du royal manteau de pourpre. Un autre geste et ils l'ont emmenée.

Je me tenais à ses côtés, parfaitement calme. Il m'a souri puis a frappé trois fois le sol de son sceptre. Un courtisan a rapporté le manteau et l'a drapé sur mes épaules d'un air solennel. Je me suis inclinée devant Père avant de sortir de la pièce à reculons.

DANS LA SOIRÉE

*J'*écris de ma chambre. Pharos illumine les vagues qui viennent s'écraser contre le rivage de ma terre natale. Il y a plusieurs mois, j'aurais pensé éprouver plus d'allégresse à me trouver ici. Mais il s'est passé quelque chose aujourd'hui qui a tempéré les élans de mon cœur.

J'avais décidé d'oser aborder Père au sujet de mes deux serviteurs. J'avais prévu de lui expliquer que Néva et Puzo s'aiment. Je veux faire passer un édit royal leur donnant le droit de se marier et de continuer à servir au palais. Mon discours me trottait dans la tête depuis des semaines, un raisonnement convaincant que m'avait inspiré Cicéron. Père ne refuserait pas ma requête, j'en étais certaine.

Lorsque je me suis présentée devant lui, une grande effervescence régnait dans la salle. Des danseurs d'un côté, des musiciens de l'autre, des soldats postés tout autour. Dans le couloir, j'ai croisé Marc Antoine qui prenait congé. Il m'a saluée d'un signe de tête mais n'a pas dit mot. Je voulais lui parler de tout et de rien : manifestement, ce n'était pas le moment.

En me voyant, Père a ouvert grands les bras et m'a souri.

– Ô Cléopâtre, a-t-il dit. Tu deviens chaque jour un peu plus charmante. Quel est ton désir, ma fille ?

Je me tenais près d'une large colonne de marbre. J'ai pris ma respiration mais, avant que j'aie pu ouvrir la bouche, j'ai entendu le pas de soldats derrière nous. Père a levé les yeux vers le Romain qui les précédait et lui a ordonné de s'avancer. Je me suis retournée. Je n'étais pas préparée à voir ce qui m'attendait.

Si j'avais été une fille ordinaire, je me serais évanouie. Il m'a pourtant fallu m'appuyer contre la colonne pour reprendre mes esprits.

Du sang dégoulinait sur les mosaïques du sol. Ce sang provenait d'un bouclier de bronze que les hommes portaient comme un plateau. Sur ce bouclier reposait la tête tranchée de ma sœur, Bérénice.

*J*e ressasse encore les événements d'hier. Je suis triste quand je songe à la terreur qu'a dû éprouver Bérénice lorsqu'elle a pris conscience de ce qui l'attendait. Père lui a infligé le châtiment suprême. Il n'a fait preuve d'aucune pitié.

Maintenant c'est moi la prochaine sur les rangs pour le trône.

Un poids m'envahit à présent que je connais le châtiment que Père réserve à une fille qui le déçoit. S'il se met en colère contre moi, s'il croit que je le trahis ou encore veut s'assurer que je ne deviendrai pas reine, va-t-il me faire exécuter, moi aussi ? Mes petits frères et Arsinoé vont-ils essayer de me tuer pour monter sur le trône ?

Je me sens très malheureuse aujourd'hui. Je croyais qu'une fois rentrée au pays, loin des provinces romaines, je serais en sécurité.

J'ai retrouvé Olympus à la bibliothèque. Théophile n'a pas tardé à nous rejoindre, un gros parchemin sous le bras. Nous étions de nouveau de vieux amis, prompts à étudier et à bavarder. C'était comme si nous n'avions jamais été séparés. Ils voulaient tout savoir de Rome, mais ils ont surtout fait preuve de curiosité à l'égard de Marc Antoine et m'ont demandé sans détour si j'éprouvais de l'affection pour ce barbare.

Je n'ai pas su quoi leur répondre. Que diraient-ils si je leur racontais l'épisode du baiser dans le jardin ? Comment pourrais-je leur ouvrir mon cœur alors qu'il déborde aussi de tristesse et d'inquiétude ?

– Cléopâtre, m'a dit Olympus, quand tu es partie pour Rome, tu n'avais que douze ans. Maintenant tu es une jeune femme qui a le sens des responsabilités. On voit bien que tu connais mieux le monde, et en particulier le monde romain.

– C'est vrai, ai-je répondu.

Théophile a levé les yeux du parchemin qu'il était en train de lire.

– Tes sœurs aînées sont mortes, ton père est faible. S'il meurt prématurément, c'est toi qui monteras sur le trône. Es-tu prête, Cléopâtre ? Trouveras-tu des alliés à Rome ?

Je me suis levée pour sortir dans la cour. Mes amis ne m'y ont pas rejointe, conscients que j'avais besoin de réfléchir seule.

Ce qu'ils disent est vrai. À cause de mon père, Rome et Alexandrie sont maintenant associées. Pour que l'Égypte survive, j'ai besoin d'alliés ; il est de mon devoir royal de cultiver des amitiés puissantes. Il existe aussi un autre mot pour allié, que je n'ose pas prononcer : « époux ».

César est fort, mais je ne le connais pas. Crassus n'est qu'un politicien, trop cupide pour qu'on s'y fie. Pompée est un homme grossier, trop imbu de sa personne, il ne ferait pas un ami loyal. Cicéron est peut-être éloquent, il gagnerait sans doute des voix au Sénat, mais il ne sait pas commander une armée. Enfin il y a Marc Antoine, un meneur d'hommes doté d'un charme certain, je dois bien l'admettre.

Parmi tous ces barbares, c'est lui qui m'intéresse le plus.

13 MAI

*L*a nuit dernière, un son inhabituel m'a réveillée : un léger bruit de pas.

Je suis restée allongée dans mon lit, le cœur battant, l'oreille aux aguets. Qui était-ce ? Quand je me suis aperçue que ni Puzo ni Néva ne venaient, mon cœur s'est glacé de terreur. Les avait-on assassinés dans leur sommeil ? Leur meurtrier en voulait-il à ma vie ?

Sans bruit, j'ai glissé la main sur le côté de mon lit, là où est dissimulée ma dague. Une ombre tapie sur le sol se rapprochait de moi. Le souffle court, j'ai tendu l'oreille, attendant le moment propice pour poignarder mon agresseur.

Mais je n'ai entendu qu'un ronronnement.

– Flèche ? ai-je murmuré.

Elle est venue à moi en vieille amie, frottant sa grosse tête contre mon bras, léchant ma main et roulant sur elle-même. Oh, comme j'étais contente de la voir ! Je l'ai serrée contre moi tandis qu'elle affûtait ses griffes sur ma couverture. Elle ronronnait dans mes bras, et son ronronnement me disait tout, mais l'endroit où elle est restée cachée ces derniers mois, je ne le saurai jamais. Je rends grâce aux dieux que Tryphaéna ne l'aie pas pourchassée et tuée.

PLUS TARD...

*J*e n'ai aucune envie de décrire les effusions de sang qui ont souillé Alexandrie. Disons seulement que sont tombées d'autres têtes que celle de Bérénice. À présent les soldats campent sous les murs de la ville et sur les plages, et nos ports sont encombrés de bateaux romains. En tant que général des troupes, Marc Antoine vaque à ses obligations militaires. Je ne l'ai pas vu depuis le jour où ma sœur a été exécutée.

Bucéphale est à l'abri dans les étables royales. Oh, quel bonheur de le voir ! Nos retrouvailles ont été brèves, pourtant, car les rues sont dangereuses. Il va nous falloir attendre que le calme revienne avant de pouvoir monter nos chevaux favoris. Dans l'intervalle, je dois poursuivre mes études. Il y a tant à apprendre et à préparer en prévision de ma future fonction.

Marc Antoine nous a fait parvenir un message hier, rédigé par l'un de ses secrétaires car il a été blessé à la main lors d'un combat. Ses troupes quitteront bientôt l'Égypte, certaines par la mer, d'autres, pour la plupart, prendront la direction de l'est et traverseront la Judée, une autre province romaine. Antoine a prétendu qu'il lui faudrait peut-être un an pour regagner l'Italie en contournant le continent, mais je le soupçonne de vouloir prendre son temps, probablement dans le but de repousser une entrevue avec Cicéron.

La rumeur circule également que Jules César a prévu d'envahir et de conquérir la Bretagne cet été. Il possède quatre-vingts vaisseaux de guerre prêts à traverser la Manche depuis les côtes gauloises.

J'ai envoyé à ces hommes — Antoine, Cicéron et César — des messages d'amitié et des invitations. Je les accueillerai ici en des temps plus paisibles. J'aurais voulu en dire davantage à Marc Antoine, mais je ne parviens pas à formuler mes pensées.

LE JOUR SUIVANT

Je suis allée voir les petits dans leurs appartements. Arsinoé est plus belle que dans mon souvenir et, à onze ans, elle domine déjà ses frères. Ptolémée XIII a six ans et Ptolémée le Jeune, quatre ; ce sont encore des bébés.

Pour le moment, ils ne constituent pas une menace pour Père ni pour moi.

J'ai bien réfléchi à tous les soucis qui m'oppressent, et j'ai pris ma décision.

Si je deviens reine, je dois en apprendre davantage sur le peuple égyptien, mais je ne peux mettre ce projet à exécution en restant entre les murs du palais. Par conséquent, dans dix jours, j'embarquerai à bord de la galère royale pour remonter le Nil. Je veux voir les grandes pyramides, le sphinx et tous les villages construits sur les rives. J'emmènerai avec moi ma garde habituelle, mes cuisiniers et mes serviteurs. Sans oublier Puzo et Néva, bien entendu, ainsi que Flèche (qui me suit partout en ce moment).

Olympus a obtenu la permission de quitter l'école de médecine dans le but d'aller étudier les maladies et les remèdes locaux. Mon cœur se remplit de joie à l'idée qu'il sera mon compagnon de voyage. Notre ami Théophile restera à Alexandrie où il se prépare à devenir grand prêtre. Je sais qu'il y parviendra.

Lorsque je suis allée voir Père dans la salle du trône, je ne lui ai pas raconté toute l'histoire. S'il savait que j'entreprends ce voyage afin de devenir une bonne reine, et que mon but est d'acquérir sagesse et connaissances, il me tuerait peut-être. J'ai donc reçu sa bénédiction. Il croit que cette aventure n'est que le caprice d'une enfant de quatorze ans. Pourtant, il parle aussi de préparer mes noces, qui auront lieu à mon retour.

Quelle tristesse d'en être toujours à craindre son propre père, et de devoir épouser celui qu'il a choisi ! Mais tel est le destin d'une princesse dans le palais royal de Ptolémée.

Quant au nom de mon futur mari, je l'ignore.

12 JUIN
À BORD DE LA GALÈRE ROYALE *ISIS*

*T*ous les jours, la chaleur qui règne dans mon pays est accablante. Mais notre auvent dispense de l'ombre et une légère brise souffle sur l'eau. Les rameurs luttent contre le fort courant de la rivière ; parfois un vent favorable les assiste et vient gonfler notre voile. Je suis heureuse de voyager une fois de plus et de faire de nouvelles expériences. Cette fois, je n'ai pas peur de ce qui m'attend et je ne m'inquiète pas des réactions d'autrui.

Olympus a installé une table près du mât, à laquelle je suis assise en ce moment. Il ne me dérange pas lorsque j'écris, et je le laisse tranquille quand il tient son journal médical ; nous prenons chacun notre tour en utilisant un sablier. Quand je lève les yeux, je vois la rive défiler. Des nuées de flamants roses et de hérons s'envolent des marécages, striant le ciel de bleu, de rose et de blanc. Les coassements des grenouilles, les cris des oiseaux et le clapotement de l'eau contre la coque sont comme de la musique à mes oreilles, une musique enchanteresse.

Chaque village se compose de cabanes de torchis agglutinées entre elles. Des enfants égyptiens jouent sur la rive. Ils semblent savoir où se cachent les crocodiles et se tiennent à bonne distance d'eux.

Mon cœur est serein. La seule menace pour ceux qui voyagent sur ce vaste fleuve vert, c'est la noyade, souvent causée par un hippopotame. Ces animaux adorent se dissimuler dans l'eau jusqu'à ce qu'un bateau survienne, puis ils font tanguer l'embarcation de manière à faire tomber ses occupants par-dessus bord. J'ai vu cette scène se produire. Mais quand mes gardes ont voulu en tuer un en lui frappant la tête à coups de rames, je les en ai empêchés car, selon les Égyptiens, l'hippopotame est le dieu de l'Enfantement.

En comparaison d'une arène romaine, le Nil est un havre de paix.

FIN D'APRÈS-MIDI

*N*ous sommes sur le point de nous amarrer près d'un village nommé Po-sep. Des mules cheminent en cercle, tirant des seaux d'eau de la rivière par le biais d'une roue rudimentaire. Les enfants se sont rassemblés sur la berge et montrent déjà du doigt nos magnifiques drapeaux et nos fanions.

Ai-je précisé que lors de notre dernière escale, j'ai fait venir un prêtre au temple d'Isis pour marier mes chers Puzo et Néva ? Ils connaîtront au moins le bonheur d'être mari et femme au cours de notre voyage qui pourrait bien durer deux ans. J'ai de nombreuses journées devant moi pour réfléchir au moyen d'exposer la chose à Père.

Il est temps de ranger mon matériel d'écriture. Mes cuisiniers, assistés des serviteurs locaux, préparent un banquet au milieu d'une palmeraie. Oh, comme ce coin d'ombre est engageant ! J'aperçois un enfant qui me fait des signes ; un autre disperse doucement des fleurs parfumées au fil de l'eau.

– Princesse, crient-ils. Bienvenue... Soyez la bienvenue !

POUR ALLER PLUS LOIN

QUE SONT-ILS DEVENUS ?

Selon la coutume égyptienne, Cléopâtre épousa son frère, Ptolémée XIII, et ils régnèrent ensemble à la mort de leur père en 51 av. J.-C. Elle avait alors dix-huit ans et lui, dix.

Environ trois ans auparavant, Julia, la fille chérie de César, était morte en couches. Son père en eut le cœur brisé et son mari, Pompée, fut fou de douleur. Sa mort prématurée rompit les liens politiques qui unissaient les deux chefs. Pompée décida de fuir avec sa famille en Égypte, espérant trouver asile auprès de Cléopâtre et de son frère.

Ce calcul se révéla désastreux. Il ne comprit pas que Ptolémée, alors âgé de treize ans, voulait gagner les faveurs de Rome et ne se préoccupait guère de vieilles amitiés. Ainsi, quand Pompée parvint au port d'Alexandrie par un jour d'automne de l'an 48 av. J.-C., il fut décapité, à peine avait-il posé le pied sur le quai. Sa seconde femme et ses enfants auraient même assisté à la scène depuis le bateau.

Lorsque, quelques jours plus tard, Jules César arriva sur le sol d'Égypte en conquérant, Ptolémée lui remit un présent royal : la tête tranchée de Pompée le Grand. On dit que César pleura la perte de son ancien gendre et ami.

Cléopâtre, âgée de vingt et un ans, imagina un moyen moins violent mais tout aussi marquant de se présenter au célèbre Romain. Elle s'enveloppa dans une couverture et ordonna à son serviteur de l'apporter en cadeau à César. Ce dernier n'en crut pas ses yeux. Ils devinrent amants et, en juin 47 av. J.-C., un fils naquit de leur union, Ptolémée XV Césarion.

En 44 av. J.-C., César fut assassiné à Rome par un groupe de sénateurs. Son héritier légal, Octave, alors âgé de dix-sept ans, lui succéda. Un an plus tard, un autre assassinat fut commis : Marc Antoine, rendu furieux par les critiques écrites et formulées par Cicéron à son sujet, exigea la tête et la main droite du sénateur. Il fit exposer ces sinistres trophées à la tribune des débats. On raconte que Fulvia, l'épouse de Marc Antoine à cette époque, tira de sa coiffure l'une de ses épingles à cheveux et la planta dans la langue de Cicéron.

Quelques années après la mort de César, Cléopâtre et Marc Antoine tombèrent amoureux l'un de l'autre et, d'après certains historiens, se marièrent selon le rite égyptien. Ils eurent trois enfants : les jumeaux Alexandre

Hélios et Cléopâtre Séléné, puis Ptolémée Philadelphe. Ensemble, ils tentèrent de protéger la ville d'Alexandrie, car Octave avait déclaré la guerre à la reine égyptienne.

En septembre 31 av. J.-C., Marc Antoine et Cléopâtre décidèrent de mener une bataille maritime cruciale, mais leur flotte fut écrasée. Quelques mois plus tard, Octave et son armée entraient dans Alexandrie. Comprenant que l'Égypte serait conquise, Cléopâtre fit en sorte que son fils de quatorze ans, Césarion, quitte le pays, cherchant ainsi à s'assurer que la lignée des Ptolémées serait perpétuée. Il s'enfuit en Inde, mais fut assassiné avant d'arriver en lieu sûr.

Humilié par sa défaite militaire et persuadé à tort que Cléopâtre avait succombé, Antoine se frappa de son glaive. Ses amis le transportèrent, blessé à mort, jusqu'à la cachette de la reine. C'est là qu'il rendit l'âme, dans les bras de Cléopâtre. Peu après, elle-même mit fin à ses jours en se laissant mordre, d'après la légende, par un serpent au venin mortel.

QUE SAIT-ON DE CLÉOPÂTRE ?

Cléopâtre VII est née en 69 av. J.-C. et mourut en 30 av. J.-C. On sait peu de chose de ses jeunes années.

Les éléments qui subsistent de cette époque sont souvent contradictoires et déroutants. Par exemple, à quoi ressemblait Cléopâtre ? Certains estiment que, conformément au type égyptien, elle avait les cheveux noirs et les yeux marron, d'autres considèrent qu'en raison de son ascendance macédonienne, elle avait la peau claire, voire les cheveux blonds et les yeux verts.

Cléopâtre selon Plutarque

On possède encore les derniers écrits de Plutarque, l'un des plus grands biographes de l'Antiquité. Il naquit en Grèce aux environs de 46 apr. J.-C. et séjourna à Rome et à Alexandrie, où il collecta des informations sur Cléopâtre, probablement de première ou de seconde main. Il écrivit notamment :

« On raconte que sa beauté n'était pas remarquable au point qu'aucune femme ne pût se comparer à elle ou

encore que personne ne pût la contempler sans être frappé par son apparence mais, pour ceux qui la côtoyaient, il se dégageait de sa présence quelque chose d'irrésistible…

C'était pur délice que d'entendre le son de sa voix, avec laquelle, tel un instrument doté de plusieurs cordes, elle passait d'une langue à une autre. Ainsi, elle n'avait que rarement recours à un interprète dans ses échanges avec les nations barbares ; elle s'entretenait personnellement avec la plupart de ses interlocuteurs, fussent-ils Éthiopiens, Troglodytes, Hébreux, Arabes, Syriens, Mèdes, Parthes et bien d'autres dont elle avait appris la langue. Fait d'autant plus surprenant que la plupart de ses prédécesseurs se donnaient rarement le mal de maîtriser la langue égyptienne et que beaucoup d'entre eux avaient plus ou moins abandonné le macédonien.»

Les remarques de Plutarque révèlent que Cléopâtre était une femme cultivée qui s'intéressait au peuple. Il se peut qu'elle ait elle-même consigné ses pensées et observations plutôt que de les confier à un scribe.

Des livres et des films

À LIRE
Cléopâtre, par Edith Flammarion,
Découvertes Gallimard

Cléopâtre, la reine des rois, par Fiona MacDonald,
Les Yeux de l'histoire, Gallimard Jeunesse

Sur les traces des dieux d'Égypte, par Olivier Tiano,
Gallimard Jeunesse

Le Nil au fil du temps, par Anne Millard,
Gallimard Jeunesse

À VOIR
Cléopâtre, de Joseph L. Mankiewicz,
avec Elizabeth Taylor et Richard Burton

L'AUTEUR

Pour les besoins de son roman *Cléopâtre, fille du Nil*, **Kristiana Gregory** a adoré se transporter dans l'Antiquité. Elle espère que ses lecteurs aimeront se représenter Cléopâtre en adolescente et imaginer ce qu'elle a pu penser et ressentir au sujet du monde qui l'entourait. « Elle a vécu une période essentielle de l'histoire, alors que l'Empire romain était à son apogée. C'est passionnant d'imaginer la manière dont Cléopâtre a pu réagir face à tout cela. »

Unanimement reconnue pour ses romans historiques à la fois passionnants et détaillés, Kristiana Gregory a écrit de nombreux livres pour les préadolescents. Dans la collection Mon Histoire, elle a publié *Catherine, princesse de Russie*.

CRÉDITS PHOTOGRAPHIQUES

Couverture [bas] : Femmes à la toilette, tombe de Nakht,
vallée des Nobles, Thèbes © Dagli Orti G.

Mise en pages : Aubin Leray

Loi n° 49-956 du 16 juillet 194
sur les publications destinées à la jeunesse

N° d'édition : 254221
Premier dépôt légal : septembre 2005
Dépôt légal : mars 2013
ISBN : 978-2-07-051155-6

Imprimé en Italie par L.E.G.O. S.p.A.